宮本輝

錦繡

Тэру Миямото

узорчатая парча

Перевод с японского
Галины Дуткиной

САНКТ-ПЕТЕРБУРГ
ГИПЕРИОН
2005

ББК 84(5Япо)
М29

This book is published within
the Japanese Literature Publishing Project
managed by the Japan Association for
Cultural Exchange on behalf of
the Agency for Cultural Affairs of Japan

**Japanese Literature
Publishing Project
JLPP**

Миямото Тэру

М29   Узорчатая парча / Пер. с яп. Г. Дуткиной. — СПб.:
Гиперион, 2005. — 256 с. — (Terra Nipponica. X).

ISBN 5-89332-117-0

Тэру Миямото (род. в 1947 г.) — один из самых
«многотиражных» японских писателей, его книги эк-
ранизируют и переводят на иностранные языки.

«Узорчатая парча» (1982) — произведение, на первый взгляд, элитарное, пронизанное японской художественной традицией. Но возвышенный слог пикантно
приправлен элементами художественного эссе, философской притчей, мистикой и даже почти детектив-
ным сюжетом.

Японское заглавие «Узорчатая парча» («Кинсю»)
можно перевести по-разному, в том числе и как «изысканная поэзия и проза». Слово, чувство, цвет и музыка
души, сливаясь, образуют сверкающую, драгоценную
ткань подлинно прекрасного повествования...

ISBN 5-89332-117-0

Original title: Kinshu
Copyright © Teru Miyamoto, 1982
Russian translation © Galina Dutkina, 2005
Originally published in Japan by Shinchosha, Tokyo
This Russian edition copyright © Hyperion Ltd., 2005

О МАГИЧЕСКИХ КРИСТАЛЛАХ СЛОВ И УЗОРЧАТОЙ ПАРЧЕ ЯПОНСКОЙ ЛИТЕРАТУРЫ

Тэру Миямото родился в 1947 году в г. Кобе. В литературу ворвался на гребне «новой японской прозы» вместе с такими известными нам писателями, как Рю Мураками и Кэндзи Накагава. Но если имена последних в России, что называется, «на слуху», то Тэру Миямото известен гораздо более узкому кругу. Можно, пожалуй, сказать, что на фоне «монополизировавших» до недавнего времени российских читателей «двух Мураками и Бананы» он незаслуженно обойден вниманием. Во-первых, потому, что в самой Японии Тэру Миямото, творящего как в русле «массовой», так и «чистой» литературы, чтут отнюдь не меньше Харуки Мураками. А во-вторых, потому, что в Россию Миямото «попал» намного прежде нынешних кумиров, хотя и не через книжные прилавки: первая же его повесть «Мутная река» (Доро-но кава) прогремела на весь мир с киноэкранов, когда в 1981 году одноименный фильм режиссера Кохэя Огури получил приз на Московском кинофестивале, а в 1982 году был номинирован на «Оскара». После чего в России о новой японской звезде, вспыхнувшей в промежутке между поколениями Кобо Абэ и Харуки Мураками, забыли на долгие годы. Снова вспомнили и восторженно заговорили лишь в 2000 году, когда в издательстве «Восточная литература» «Мутная река» вышла, наконец, на русском языке вкупе с несколькими рассказами Миямото*. Вспомнили — и поразились яркости и самобытности таланта.

Между тем в Японии Тэру Миямото обласкан критикой, избалован премиями и огромными тиражами с самого начала творческой карьеры. Закончив литературный факультет университета Отэмон Гакуэн, он поступил в рекламное агентство, однако проработал там недолго, предпочтя литературу. Потом Миямото еще раз попытается вернуться в бизнес, но снова оставит его. Слава пришла к нему сразу — и никогда не отворачивалась от него. В 1977 году Миямото получает литературную премию Дадзая Осаму за первую же свою повесть «Мутная река» (Доро-но кава), а в 1978 году — самую престижную в Японии литературную премию Рюноскэ Акутагавы за свое новое произведение — повесть «Река светлячков» (Хотару-гава). Вместе с повестью «Река Дотомбори» (Дотомбори-гава) эти произведения составили так называемый «цикл о реках». Кстати, все три «речные» произведения были экранизированы в 80-х годах. Также экранизирован в 1995 году роман «Призрачный свет» (Мабороси-но хикари).

Перу Тэру Миямото принадлежат роман «Вечно изменчивое море» (Рутэн-но уми, 1984 г., первая часть дилогии), роман «Земная звезда» (Ти-но хоси, 1992 г., вторая часть дилогии), роман «Фаворит» в 2 томах (Юсюн, 1986 г.), удостоенный литературной премии Эйдзи Ёсикавы, двухтомный роман «Стул в степи» (Согэн-но ису, 1999 г.), а также множество других, не менее известных произведений. Тэру Миямото относится к самым «много-

---

* *Миямото Тэру.* Собаки в разгар лета: Рассказы и повести / Пер. с яп. М. Жанцаровой. М.: Восточная литература, 2000.

6

тиражным» и популярным писателям Японии. Многие его произведения переведены на иностранные языки.

«Узорчатая парча» (Кинсю) была написана в 1982 году, однако внимательный читатель напрасно будет искать в ней реалии, позволяющие определить точное время действия. Хотя в целом понятно, что это XX век, а точнее, его вторая половина. Точно так же придирчивый литературовед столь же безуспешно попытается определить жанр «Узорчатой парчи». Да, спору нет, «Парча» стилизована под переписку двух героев. Значит, роман в письмах? Едва ли… В «Узорчатой парче» столь же явно присутствуют характерные признаки откровенно-пронзительного «ватакуси-сёсэцу» (повествование о себе), изысканно-прихотливого «дзуйхицу» (эссе «вслед за кистью»), глубокой философской притчи, женского романа (женская линия явно доминирует), есть даже элементы захватывающего, интригующего детектива, особенно в завязке произведения.

На первый взгляд все достаточно незатейливо, просто. Бывший муж и жена волею случая (или Провидения?) сталкиваются друг с другом в горной глуши, в кабинке фуникулера — и тотчас же расстаются, не сказав друг другу практически ничего. Десять лет назад они развелись, потому что муж героини Акико — Ясуаки Арима — изменил жене, и при этом едва не погиб, якобы при попытке «двойного самоубийства» с любовницей. За прошедшее время угли трагедии подернулись пеплом, покрылись патиной времени, но внутренний жар их еще настолько силен, что при встрече в душе Акико снова вспыхивает яростное пламя, — и она завязывает переписку. Несколько писем от Акико к Ясуаки и несколько писем от Ясуаки к Акико — вот и все короткое повествование. Но в этой не слишком толстой стопке листков

7

столько пронзительной боли и безысходного отчаяния, столько неистовой, безрассудной любви и обжигающей ненависти, столько жалости, мужества, жертвенности и высокого благородства, что другому, менее талантливому писателю достало бы на целую сагу. Лаконичная, но бездонно емкая «Человеческая трагедия». В каком-то невероятном, безумном темпе перед читателем пролетает десятилетие жизни героев — со всеми их взлетами и падениями, с разочарованиями и надеждами, страхами и мечтами. Реальные события переплетаются с воспоминаниями о прежней жизни, о том, что же случилось на самом деле и что послужило истинной причиной развода двух искренне любивших друг друга людей.

Несколько лет работы в рекламном агентстве не прошли бесследно для писателя Тэру Миямото. Неправ тот, кто полагает, что реклама — это презренное ремесло. Реклама (разумеется, хорошая, умелая реклама) — своего рода искусство, сродни работе огранщика драгоценных камней. Это квинтэссенция слова, квинтэссенция образа, ибо цель рекламы — выхватить и осветить мгновенным лучом самые яркие, самые важные грани того, чему она служит. Тэру Миямото — мастер своего дела. Он гранит магические кристаллы слов. Из его книги нельзя убрать ни абзаца, ни даже фразы — иначе прорвется, нарушится драгоценная ткань переливающейся парчи текста. Мгновенный, незримый поворот волшебного кристалла Слова — и мир окрасился в черный цвет беспросветного мрака, отчаяния. Еще поворот — и алое зарево бушующего пожара, безумия и любви затопило страницу... Одно описание алых кленовых листьев, пожалуй, стоит поэмы! Потрясенная неожиданной встречей Акико вспоминает: «...Красным был не весь склон: в багрянце мелькали вкрапления вечнозеленых растений, коричневые

8

листья, золотились ветви похожих на гинкго деревьев. Рядом с ними красный цвет был особенно ярким, он прямо-таки пламенел. Казалось, из смешенья мириадов цветов и оттенков вырываются огромные языки неистового огня. Потрясенная этим зрелищем, я, не в силах сказать ни слова, молча взирала на многоцветье пышной растительности, словно впитывая его в себя. <...> Опьяненная неистовством оттенков красной листвы, я ощутила в этом пламени горного леса нечто ужасное, убийственное, словно прикосновение холодного клинка».

Однако повествование Тэру Миямото сверкает и переливается не только гранями слов. Оно буквально затягивает в себя, завораживает философским и литературным подтекстом, уводит в глубины веков, — словно при чтении старой японской поэзии, пронизанной ассоциациями и аллюзиями. Дело в том, что «Узорчатая парча» буквально напитана духом японской художественной традиции, точно губка водой. Собственно говоря, конкретно и прямо об эстетических категориях не сказано ни единого слова, однако читатель, хотя бы немного знакомый с традиционной японской культурой, каким-то шестым чувством непременно уловит присутствие духа Японии, пресловутой японской Души. В подсознании сами собой всплывут вдруг абстрактные, но при этом непостижимо конкретные понятия «моно-но аварэ» (очарование всего сущего), «ёдзё» (послечувствование), «югэн» (скрытая красота), «саби» (заброшенность, чувство вечного одиночества), «сатори» (озарение), «цуцусими» (воздержанность, скромность) и многое другое... Ну а буддийский термин «карма» — это вообще одно из ключевых понятий-символов произведения. Используя эпистолярный «стиль», автор не просто воссоздает очарование языка старой литературы (ибо и поныне японцы пишут письма, используя особую лекси-ку, особые обороты вежливости, особые, старые формы грамматики и прочие языковые «изыски»). Его герои, практически наши современники, жители индустриаль-ной, научно-технической Японии по сути дела мыслят категориями японцев средневековья и действуют сооб-разно канонам средневековых духовных ценностей, — повинуясь высокому долгу и чести, почти конфуциан-ской дочерней (сыновней) почтительности, благородству и благодарности за оказанные благодеяния. По сути дела, в романе нет ни одного отрицательного героя, ни едино-го проявления низменных или пошлых чувств. Это ари-стократы духа. Все они глубоко несчастны, но возвы-шенно-благородны и склонны к самопожертвованию. В этом смысле «Узорчатая парча» глубоко традиционна. Кстати, драма героев начинается именно с «синдзю» — воспетого в классической японской литературе и поэзии «двойного самоубийства» влюбленных. Его совершали несчастные любящие, если Судьба препятствовала их соединению. Неважно, что на поверку «двойное само-убийство» окажется не «двойным». Что возлюбленная Ясуаки сначала пыталась убить его, а потом лишила жиз-ни себя, — ведь это случилось не из подлости или мести, а совсем по иным, драматичным и романтичным, почти что классическим мотивам...

Особенно ярко, подобно вспышке алых кленовых листьев, подан образ главной героини «Узорчатой пар-чи» Акико. Своей духовной силой, мужеством — и в то же время страстностью женской любви и своей кра-сотой — она воскрешает в памяти героинь старинных рыцарских романов. Но не только их. Она очень напо-минает известную японскую поэтессу Акико Ёсано, тво-рившую в начале XX века. Поэтический сборник Акико

10

Ёсано «Спутанные волосы» — это гимн свободной от пут условностей и средневековых запретов страстной женской любви. Юная Акико Ёсано (кстати, тоже Акико! Может быть, совпадение тут отнюдь не случайно?) совершила немыслимый для эпохи Мэйдзи поступок. Она бежала из дома, дабы соединиться с любовником — известным поэтом того времени Ёсано Тэкканом, кстати, связанным брачными узами с другой женщиной. И ее сборник «Спутанные волосы» (что в поэтике было весьма смелым по тем временам символом любовной страсти) посвящен главным образом возлюбленному. Столь же юная Акико из «Узорчатой парчи», воспитанная в традиционном японском духе почтения к родительскому авторитету, тем не менее, возлюбленного и мужа (Ясуаки Ариму) тоже выбирает сама, не считаясь с условностями, и даже вступает с ним в любовную связь до заключения официального брака, просто поставив отца перед фактом. Это уже потом, раздавленная изменой мужа, унижением и позором, тоской по утраченной любви, она никнет и начинает действовать, словно безвольная марионетка, во всем повинуясь воле отца. Несчастья на время словно сжигают ее незаурядную личность. Как тут не вспомнить стихотворение Акико Ёсано, написанное после кончины ее возлюбленного!

> Мнилось:
> Сияюще-алая
> Твердыня воздвиглась
> В моей душе.
> А там — пепелище.*

---

* Пер. с яп. Е. Дьяконовой. Журнал «Иностранная литература», 1999, № 10.

Но Акико из «Узорчатой парчи» находит в себе мужество для возрождения. Она решается на развод с нелюбимым вторым мужем, за которого вышла по воле отца, и посвящает себя воспитанию и лечению своего неполноценного ребенка, из которого фанатично пытается сделать нормального члена общества. Она даже находит силы понять — и простить предавшего ее Ясуаки. Совершенно очевидно, что автор хочет предъявить читателю японку нового типа — раскованную, смелую, независимую в решениях и выборе, умную, тонкую и в то же время непокорную и несгибаемую, бунтующую и мятежную, словом, женщину нашего времени. Хотя догмы старых условностей по-прежнему сковывают ее по рукам и ногам... Это намерение автора как бы усиливается, подчеркивается и дополняется женской ролью «второго плана» — «простушкой» и простолюдинкой Рэйко. Эта девушка, которой Ясуаки, казалось бы, просто пользуется в стесненных жизненных обстоятельствах, на самом деле отнюдь не проста и, тем более, не глупа. Она практична, предприимчива (кстати, автор и тут проводит аналогии со средневековыми женщинами Японии — обитательницами торгово-купеческой Нанивы — старой Осаки), полна жизни и любит Ясуаки — беззаветной и бескорыстной любовью, граничащей с самопожертвованием. Собственно, это Рэйко (вместе с Акико, поддерживающей бывшего мужа своими письмами) вытаскивает Ясуаки из пучины отчаяния и жизненной грязи, в которую он постепенно погружается после развода с Акико. И Смерть, преследовавшая его много лет, наконец отступается от него. (Тема Смерти и, в частности, самоубийства, вообще характерна для творчества Тэру Миямото, она звучит во многих его произведениях.) Ясуаки уходит от Смерти к жизни — и к новой, хотя и вполне земной любви...

12

Мужские характеры тоже незаурядны. Сам Ясуаки и отец Акико — весьма колоритные, запоминающиеся и «узнаваемые» типажи японских мужчин. Можно даже сказать, что по японским меркам это почти что «мачо». И все же мужская линия явно проигрывает женской. Можно только поражаться искусству перевоплощения автора-мужчины, сумевшего столь тонко, столь изощренно показать изнутри мельчайшие движения противоречивой и алогичной женской души...

Не менее поражает еще одна особенность «Узорчатой парчи»: столь же элегантная утонченность стилистики Миямото, также обращенная скорее в прошлое, нежели в настоящее, и явно адресованная избранным. «Узорчатая парча» — прозаическое произведение, однако воспринимается как высокая поэзия классических танка и хайку. Намеренно или невольно автор прибегает к псевдопоэтическим приемам, нам судить не дано. Но взгляд «цепляет» нечто такое, что заставляет искушенного в японской поэзии читателя вспоминать поэтические «слова-изголовья» (макура-котоба), содержащие набор устойчивых эпитетов; «иносказательные описания» (мидатэ), опосредованно передающие мысль автора; «развернутые экспозиции» (дзё), как бы дающие красочное введение к главной посылке, не говоря уже об обилии «сезонных слов», отражающих времена года (киго) — непременных атрибутах хайку... Все это придает удивительную гибкость и пластичность тексту. Автор использует и богатейшую цветовую палитру, подчеркивая выразительность мысли и слога. Доминируют два цвета — алый цвет (кленовые осенние листья, языки пламени, пожар, любовная страсть) и беспросветно-черный (ночное небо, Смерть, ненависть, страх, отчаяние), однако они изысканно сочетаются с золотыми, зелеными, желтыми и багряными тонами, — как в природе, так и в эмоциях героев. Краски переливаются, сверкают, перетекают друг в друга, образуя невероятные сочетания. Это фантастический синтез слова, чувства, цвета и музыки души. На прощание Акико напишет Ясуаки: «Перед тем как приступить к этому письму, я снова перечитала все Ваши послания. Разные чувства и ощущения промелькнули в моем сердце. Их невозможно выразить словами. Они подобны узорчатой парче моей души. Или переливающемуся мириадами оттенков и красок осеннему лесу»... В тексте оригинала этот пассаж короче и лаконичней. Но очарование японского языка заключается в том, что порой для того, чтобы передать все мыслимые нюансы короткого японского слова, требуется очень много русских эквивалентов. И не всегда они являются синонимами. Вот так и здесь. Вынесенное в заглавие произведения слово «кинсю», которое традиционно (и весьма неточно) принято переводить как «золотое шитье», на самом деле гораздо богаче и многослойней. Это и «богато расшитая парча, или богатая одежда», и «пышный, пестрый осенний ковер, многоцветные краски осени». А также — что особенно важно! — *«изящная, изысканная поэзия и проза».* Такого жанра, разумеется, не существует. В таком случае его следует выдумать. Потому что произведение Тэру Миямото заслуживает именно этого определения. *«Узорчатая парча японской литературы»...*

Галина Дуткина

Узорчатая
парча

Господину Ясуаки Ариме

Извините великодушно, что сразу перехожу к делу.

Даже представить себе не могла, что когда-нибудь вновь встречу Вас, да еще в горах Дзао, в кабинке фуникулера, поднимаясь от Сада георгинов к станции Докконума.

Удивление мое было столь велико, что все двадцать минут, оставшиеся до прибытия в Докконуму, я просидела молча, словно утратив дар речи.

Сколько же времени утекло с того дня, когда я последний раз вот так же писала Вам письмо?.. Если посчитать, получается лет двенадцать-тринадцать. Думала, что никогда уже не увижусь с Вами, однако волею случая мы все-таки повстречались. Увидев Ваше разительно переменившееся лицо, Ваши глаза, я мучилась и колебалась, прежде чем решиться на этот поступок, однако после долгих раздумий все же собралась с духом. И вот, с немыслимыми усилиями разыскав Ваш нынешний адрес, я пишу Вам это письмо. Вы вправе посмеяться над моей неизменно взбалмошной и капризной натурой... Я никогда не умела сдерживать свои порывы.

В тот день мне вдруг взбрело в голову купить билет на экспресс «Цубаса» № 3, отправлявшийся с вокзала Уэно. Дело в том, что я хотела показать моему ребенку звездное небо над горной вершиной Дзао (сына зовут Киётака, ему исполнилось восемь). Возможно, тогда, в вагончике фуникулера, Вы обратили внимание, что мой сын — инвалид детства. У него не только плохо действуют ноги, он вообще отстает в развитии на два-три года от своих здоровых ровесников. Не знаю почему, но мальчик очень любит смотреть на звезды, и когда нет облаков, он готов часами любоваться ясным ночным небом над двором нашего дома в квартале Короэн.

Перед тем мы два дня провели в токийском доме отца на улице Аояма. Накануне отъезда домой в город Нисиномия я на ночь глядя машинально перелистывала какой-то журнал — и вдруг наткнулась на снимок ночного неба, сделанный с горной вершины в Дзао. Небо было сплошь усыпано звездами, и от красоты фотографии у меня даже перехватило дыхание. Мне вдруг ужасно захотелось показать Киётаке эти самые звезды — но не в журнале, а наяву, хотя сын еще никогда не уезжал далеко от дома.

Отцу в этом году исполнилось семьдесят, но он еще крепок и бодр и ежедневно ездит на фирму. К тому же он по-прежнему руководит токийским филиалом компании, и потому каждый месяц недели две проводит в Токио, в известной Вам квартире на

Аояме. За прошедшие десять лет он совсем поседел и сгорбился, однако здоровье все еще позволяет ему жить на два дома. И все же недавно, в самом начале октября, спускаясь по лестнице к машине, которую прислали за ним с фирмы, отец оступился и подвернул щиколотку. Оказалось, что повреждена кость, и хотя трещинка была совсем крошечная, из-за обильного внутреннего кровотечения отец на какое-то время оказался прикованным к постели. А потому мне пришлось немедленно выехать в Токио на скоростном экспрессе «Синкансэн», взяв с собой Киётаку. Лишенный возможности двигаться, отец сделался страшно брюзгливым, опека домработницы Икуко начала его раздражать, и он по телефону вызвал меня к себе. Понимая, что отлучка может затянуться надолго, я взяла Киётаку с собой; но вывих, в сущности, был пустяковый, так что, увидев меня с Киётакой, отец сменил гнев на милость. Тут же принялся торопить меня с отъездом, видимо, теперь уже беспокоясь о нашем доме в Короэн, и сказал, что я могу возвращаться.

Не знаю, как следует воспринимать подобные выходки — плакать или смеяться, но будь что будет, лишь бы отец был доволен, — и мы решили возвратиться к себе в Короэн.

Препоручив больного заботам Икуко и секретаря Окабэ, я отправилась с сыном на Центральный вокзал с намерением возвратиться домой. Но когда мы приехали на вокзал, мне вдруг бросился в глаза яркий рекламный плакат какой-то туристической фирмы с видом Дзао. Осень была в самом разгаре, и на фото раскинули пышные ветви деревья, ослеплявшие буйством красок листвы. До того дня я почему-то представляла Дзао царством зимней сказки: покрытые шапками снега, застывшие стволы и ветви... Но, стоя в станционном зале, я попыталась вообразить, как эти деревья, которые вскоре обледенеют от стужи, еще шелестят яркой листвой, раскачиваясь на ветру под усыпанным звездами небом, и мне неудержимо захотелось показать моему неполноценному ребенку эти девственно чистые горы под мириадами звезд. Когда я сказала об этом Киётаке, глазенки у него загорелись, и он умоляюще захныкал: «Хочу поехать, хочу поехать!» Хотя все это было изрядной авантюрой, я все же направилась к стойке туристической фирмы, стоявшей прямо в здании вокзала, с намерением купить билеты до Ямагаты и забронировать места в гостинице на источниках Дзао, а также взять билеты на авиарейс Сэндай — Осака, чтобы попасть домой. Однако билеты на этот рейс оказались распроданы, так что пришлось изменить планы. Нужно было задержаться еще на сутки — либо в Дзао, либо в Сэндае, чтобы вылететь следующим рейсом. Я решила провести это время в Дзао, и мы поехали на вокзал Уэно. Остановись мы в Дзао всего на одну ночь, наша встреча так бы и не состоялась. Сейчас мне все эти совпадения кажутся до чрезвычайности странными.

В Ямагате погода была пасмурная. По дороге от станции к источникам Дзао я смотрела из окошка такси на низкое небо в полнейшем унынии. Мне вдруг пришло в голову, что я ведь уже бывала в этих местах района Тохоку. Тогда, во время свадебного путешествия, мы с Вами добирались от озера Тадзава, что в префектуре Акита, до города Товада в префектуре Аомори.

Мы остановились в гостинице на горячих источниках. Бурлящая вода стекала вдоль обочин дороги по дренажным канавам, в воздухе ощущался острый запах серы. Плотные облака заслоняли ночное небо. Ни одного просвета, сквозь который можно было бы разглядеть хоть слабый отблеск луны или звезд. Тем не менее настроение у нас было приподнятое: горный воздух был свеж, к тому же это было, в сущности, наше с сыном первое настоящее путешествие. Наутро тучи развеялись. Киётака схватил свой костылик. Чувствовалось, что ему просто не терпится отправиться к фуникулеру. Сразу же после завтрака мы побрели к станции канатной дороги в Саду георгинов.

Наша встреча с Вами оказалась столь неожиданной, что при одной мысли об этом у меня до сих пор замирает сердце. В самом деле, как могло статься, что мы очутились в одной и той же кабинке фуникулера, в далекой-далекой префектуре Ямагата, в горной глуши Дзао, где бесконечно снуют вверх и вниз бесчисленные вагончики нескольких канатных дорог?!

Пассажиры стояли небольшими группками, в ожидании подходивших кабинок. Через несколько минут подошла и наша очередь. Открыв дверь, кондуктор сразу же увидел Киётаку с костыликом и, полуобняв его, подсадил в вагончик. Следом прошла я. Тут я услышала, как кондуктор приглашает еще одного пассажира. В кабинке было тесно, но прямо перед нами оказалось свободное место, и вошедший — мужчина в светло-коричневом пальто — уселся прямо напротив. Дверь закрылась, и кабинка, слегка покачиваясь, поползла вверх. Я мельком взглянула на незнакомца — и вдруг поняла, что это — Вы! Не знаю, какими словами можно выразить изумление, что я испытала в то мгновенье. Но Вы по-прежнему не замечали меня — сидели, уткнув подбородок в поднятый воротник пальто, и рассеянно разглядывали менявшийся пейзаж. Вы глядели в окно, а я жадно, не отрывая глаз, всматривалась в Ваше лицо. Я села в кабинку фуникулера, чтобы полюбоваться изумительной красотой осенней листвы, но даже и не взглянула на деревья за окном. Я не могла оторвать глаз от сидевшего напротив меня мужчины. За эти несколько мгновений я не раз усомнилась в том, действительно ли это Вы, мой бывший супруг Ясуаки Арима. Если это и впрямь Ясуаки Арима, то каким образом он очутился здесь, спрашивала я себя. Сомнения терзали меня не только от неожиданности встречи, но и еще из-за поразительных перемен, что произошли в Вас за десять лет разлуки... Вы запомнились мне совершенно иным человеком.

Десять лет... Тогда мне было двадцать пять, а теперь уже тридцать пять. Вам же исполнилось тридцать семь. Словом, мы вошли в такой возраст, когда перемены в облике человека начинают становиться все заметнее и заметнее. Однако то, что случилось с Вами, не было просто патиной времени. Я буквально кожей почувствовала, что жизнь изрядно поломала Вас, и Ваше существование отнюдь нельзя назвать безмятежным. Прошу, пожалуйста, не сердитесь. Я и сама не могу понять, зачем пишу это письмо. Возможно, мне просто захотелось выплеснуть чувства, что владеют мною сейчас. И, верно, другого письма не будет, все ограничится этим «односторонним» посланием Вам. К тому же я пишу сейчас и не знаю, хватит ли у меня духу опустить письмо в почтовый ящик...

Наконец вы бездумно скользнули по мне глазами и снова уставились в окно. Однако Ваш взгляд тут же вернулся ко мне, и Вы всмотрелись в меня широко раскрытыми от изумления глазами. Так мы сидели довольно долго. Я понимала, что нужно что-то сказать, но не могла найти подходящих случаю слов. Наконец я с трудом прошептала: «Как давно мы не виделись!» «В самом деле, очень давно», — ответили Вы. Затем, как-то рассеянно взглянув на моего Киётаку, спросили: «Ваш ребенок?» У меня перехватило горло, и я смогла вымолвить только краткое «Да». В моих пустых глазах вспыхивали проплывавшие за стеклами кабины ярко-алые купы деревьев. Господи, сколько же раз мне уже задавали этот вопрос: «Ваш ребенок?»! Когда Киётака был поменьше, его физическая увечность и умственная неполноценность еще сильнее бросались в глаза, поэтому многие даже не скрывали сожаления, другие же, напротив, напускали на себя деланно равнодушный вид. В подобных случаях я собирала в кулак всю свою волю и, глядя прямо в глаза собеседнику, отвечала с вызывающей твердостью: «Да! Это мой сын!» Но теперь, когда об этом спросили Вы, меня охватило не ведомое дотоле жгучее чувство стыда, и я смогла едва слышно промолвить: «Да...»

Кабина фуникулера медленно поднималась к станции Докконума. Вдалеке показалась горная цепь Асахи, а внизу, у подножья, поблескивали далекие точки крыш городка на горячих источниках. В просветах между деревьями мелькнула красная кровля гостиницы, выстроенной на склоне соседней горы. До сих пор отчетливо помню, что в какое-то мгновение это напомнило мне адское пламя, изображенное на какой-то картине эпохи Камакура*. Интересно, откуда такая ассоциация? Должно быть, сама обстановка — раскачивающаяся кабинка фуникулера, охватившее меня душевное смятение, чудовищное напряжение нервов, — все это вместе взятое приве-

---

* Историческая эпоха (1185–1333).

ло меня в престранное состояние духа. А потому все остальные двадцать минут, что вагончик полз по горному склону, я просидела, не проронив ни слова, и мечтала лишь поскорее добраться до Докконумы, — хотя могла бы о многом спросить Вас. То же самое происходило при расставании с Вами десять лет назад. Мы собирались оформить развод, и, наверное, нужно было высказать все, что было у нас на душе, поделиться друг с другом. Однако этого не случилось. Десять лет назад я даже не пожелала потребовать от Вас вразумительных объяснений по поводу происшедшего. Вы тоже упрямо молчали и не сделали ни малейшей попытки хоть как-нибудь оправдаться. В двадцать пять я не умела быть мягкой и великодушной, да и Вы в свои двадцать семь, похоже, не могли заставить себя смирить гордыню.

Потом заросли за окном совсем заслонили солнечные лучи. В кабине сгустился легкий сумрак. Глядя куда-то мимо меня, Вы пробормотали: «Вот и приехали». В этот момент я рассмотрела у Вас на шее шрам. Верно, от той самой раны, подумала я — и поспешила отвести взгляд. Выйдя из кабины у грязно-серого павильончика станции, Вы остановились на дорожке, что вилась к Докконуме, и слегка поклонились: «Ну, я пошел». Потом быстрыми шагами устремились прочь.

Мне хочется, чтобы это письмо вышло как можно более искренним. В общем, когда Вы скрылись из виду, я какое-то время стояла, не в силах двинуться с места. При мысли о том, что теперь-то я уже не увижу Вас никогда, меня охватило неудержимое желание заплакать, и я едва сдержала слезы. Я и сама не могу понять, что тогда на меня нашло. Но я едва не бросилась вслед за Вами — спросить, как Вы живете, что делали все эти годы разлуки. Не будь со мной Киётаки, наверное, я так бы и поступила.

Стараясь приноровиться к походке сына, я медленно побрела по дороге в Докконуму. Сморщенные цветы засохших космей покачивались под дуновениями прохладного ветра. Путь, который нормальный ребенок в возрасте Киётаки прошел бы за десять минут, мы преодолели за добрых полчаса. Но если вспомнить, что было прежде, то и такой результат определенный прогресс. Ведь мальчик лишь года два, как начал потихоньку воплощать свои желания в реальные действия. Успехи настолько значительны, что с недавних пор учителя специальной школы, где учится сын, стали поговаривать о том, что со временем Киётака, похоже, сможет жить и работать не хуже, чем любой другой человек, если, конечно, будет очень стараться.

Миновав безлесный участок, граничивший с болотцем, мы сели в вагончик другого фуникулера, поднимавшийся прямо к вершине горы. Я окинула взглядом далекий склон, в надежде отыскать Вашу фигуру. Но Вас нигде не было видно. Затем мы немного спустились вниз и через дубовую рощу вышли к огромной скале, выступавшей прямо из скло-

26

на; там я усадила Киётаку, и мы долго любовались расстилавшимся перед нами видом. На небе не было ни единого облачка, в вышине без устали кружили черные коршуны. Далеко-далеко, вероятно, у самого моря, в легкой фиолетовой дымке, словно в тумане, тянулась горная цепь. Я объяснила Киётаке, что это гряда Асахи, а вон та громада справа — гора Тёкай-сан; при этом я без конца поглядывала на прямоугольные коробочки фуникулера, ползшие вниз по соседнему склону. Я все надеялась увидеть там Вас. Всякий раз, когда сзади на тропке раздавались чьи-то шаги, я с замирающим сердцем поворачивала голову — не Вы ли?..

Киётака радостно смеялся, наблюдая за парящими коршунами, за крошечными вагончиками канатной дороги, видневшимися далеко внизу, за курившейся откуда-то струйкой дыма. Я смеялась вместе с ним, а перед глазами все стояло Ваше лицо — каким я увидела его только что, после десяти лет разлуки. Мне подумалось: как же Вы изменились! И что же могло привести вас в Дзао?.. Я просто не могла думать о чем-то ином.

Мы просидели на скале часа два. Наконец мы решили вернуться в гостиницу. Спустившись на подъемнике в Докконуму, мы перешли к другому фуникулеру. На сей раз мы с сыном были одни в кабинке, и я вновь погрузилась в созерцание алой листвы, что особенно хороша именно в эту пору. Впрочем, красным был не весь склон: в багрянце мелькали вкрап-

27

ления вечнозеленых растений, коричневые листья, золотились ветви похожих на гинкго деревьев. Рядом с ними красный цвет был особенно ярким, он прямо-таки пламенел. Казалось, из смешенья мириадов цветов и оттенков вырываются огромные языки неистового огня. Потрясенная этим зрелищем, я, не в силах сказать ни слова, молча взирала на многоцветье пышной растительности, словно впитывая его в себя. И тут мне почудилось что-то страшное. Мысли, теснясь, вихрем проносились в моей голове. Если попробовать описать мое состояние на бумаге... Наверное, можно сказать, что всякий раз, когда передо мной мелькали алые пятна листвы, в моем мозгу вспыхивали мимолетные видения, которые словами не выразить и за много часов. Возможно, Вы опять посмеетесь над моей привычкою фантазировать... Но это действительно так.

Опьяненная неистовством оттенков красной листвы, я ощутила в этом «пламени» горного леса нечто ужасное, убийственное, словно прикосновение холодного клинка. Верно, от нашей неожиданной встречи во мне проснулась детская привычка фантазировать.

В тот вечер мы с Киётакой сначала понежились в большой гостиничной сернистой ванне, выдолбленной прямо в скале, а потом вновь отправились в Сад георгинов, полюбоваться звездами. Служащий показал нам короткую дорогу, и вскоре мы, светя под ноги фонариком, вышли на вившуюся вверх по склону тропу. Впервые в жизни Киётаке довелось так много ходить. Похоже, костылик намял ему бок, потому что он то и дело останавливался, и в темноте я слышала его негромкое всхлипывание. Но тогда я строго прикрикивала на него, и Киётака, собравшись с силами, медленно, с передышками, но все же брел вперед, вслед за перемещавшимся пятнышком света фонарика. Добравшись до входа в сад, мы немного постояли, переводя дух и глядя на звездное небо. Бесчисленные звезды мерцали так близко, что, казалось, их можно достать рукой. Казалось, они подавляют, поглощают все силы. Во тьме виднелись лишь смутные силуэты растений разбитого на отлогом склоне горы сада, ощущался слабый аромат цветов; их краски были неразличимы в ночи. Да еще слегка шелестел ветерок. Все остальное — и вздымавшиеся перед нами горы, и павильончики канатной дороги, и стальные опоры, на которых крепился трос, — все было погружено во мрак и тишину. А над всем этим, в небе над нами, простирался яркий, отчетливо различимый Млечный Путь. Мы углубились в сад и пошли к дальнему его концу, не отрывая глаз от звездного неба. У выхода стояли две небольшие скамейки. Усевшись, мы с Киётакой облачились в купленные на лотке перед станцией в Ямагате куртки с капюшонами и, обдуваемые холодным ветром, долго смотрели на сверкающий космос. Есть какая-то щемящая грусть в этих звездах... И что-то необъяснимое в безграничности звездного неба, что рождает в душе безотчетный страх... Я почему-то чувствовала безутешную печаль от нашей встречи в горной глуши через десять лет после разлуки. Но что, собственно, печального в этом событии? Однако, подняв лицо к небу, я беззвучно твердила одно: «Печально, ах, как это печально!..»

И печаль становилась еще острее. Те памятные события десятилетней давности отчетливо всплыли в памяти, словно воспроизведенные на экране кино.

Кажется, письмо получается чересчур длинным. Может статься, оно наскучит вам прежде, чем Вы прочтете все до последней строчки, и, скомкав, Вы выбросите мое послание. И все же я намерена высказаться до конца. Во всяком случае это я больше всех пострадала в результате той самой истории (возможно, Вы возразите, что главная жертва — Вы, а вовсе не я), а потому я хочу рассказать все, как было, — о чем я тогда размышляла, к каким пришла заключениям. Вообще-то мне следовало высказать Вам все это еще тогда, при прощании, десять лет назад, но я отчего-то не сделала этого. Теперь же, хотя минуло столько времени, мне захотелось поведать об этом.

...О случившемся нам сообщили по телефону, в пять часов утра. Помню, я еще спала в своей комнате на втором этаже, когда меня разбудила домработница Икуко: «С господином Ясуаки, похоже, случилось что-то ужасное!..» Голос у нее дрожал, и я почувствовала, что случилось нечто невероятное. Накинув поверх пижамы шерстяную кофту, я сбежала по лестнице на второй этаж и схватила телефонную трубку. Густой невозмутимый бас сообщил, что это звонят из полиции, и поинтересовался, в каких отношениях я состою с господином Аримой. «Я его жена», — ответила я, пытаясь говорить спокойнее, но голос мой предательски дрожал от холода и волнения. Последовала небольшая пауза, затем голос в трубке сказал, что некий мужчина, предположительно мой супруг, пытался совершить любовное самоубийство по сговору* в гостинице в Арасияме.

Женщина, что была с ним, скончалась. Но мужчину, возможно, удастся спасти. «Сейчас он в больнице. В крайне тяжелом состоянии, так что не могли бы Вы срочно приехать туда?» — закончил мой собеседник. Затем продиктовал адрес больницы. Я что-то пролепетала о том, что муж должен был заночевать в Киото, в гостинице неподалеку от храма Ясака. Тогда собеседник спросил название той гостиницы и попросил описать, во что был одет мой супруг, когда уходил из дома. Я постаралась припомнить цвет и фасон его пиджака, рисунок галстука и все прочее, на что мне сказали, что самоубийца, ско-

---

* Традиция самоубийства по сговору (особенно любовного) сохранилась со средних веков. Влюбленные совершали двойное самоубийство (синдзю), если обстоятельства не позволяли им соединиться либо их ждала кара за ослушание. Синдзю — излюбленная тема в средневековой японской литературе.

31

рее всего, и есть Ясуаки Арима. Полицейский повторил настоятельную просьбу поскорее прибыть в больницу и повесил трубку.

Ошеломленная и растерянная, я бросилась в спальню отца. Он только что проснулся. Выслушав меня, отец предположил, что какой-то негодяй просто решил меня разыграть. Однако слабо верилось, что кому-то взбредет на ум развлекаться подобным образом в столь ранний час зимнего утра. Икуко звонила в таксомоторную фирму, когда раздался звонок в дверь. Я бросилась к домофону. Оказалось, что пришел дежурный с ближайшего поста. Он сказал, что получил телефонограмму из полицейского участка в Киото и на всякий случай пришел подтвердить просьбу насчет поездки в Киото. Тут стало окончательно ясно, что это не розыгрыш. Вцепившись в отцовский халат, я умоляла его поехать вместе со мной.

Пока мы мчались в такси по скоростной дороге Мэйсин, отец без конца спрашивал об одном и том же: «Ты хорошо расслышала? Это действительно самоубийство по сговору?» — а я отвечала: «Они говорили, что женщина умерла...» Факт, что это не несчастный случай, а попытка двойного самоубийства с какой-то неизвестной мне женщиной, лишь рождал дополнительные вопросы. В самом деле, можно ли верить в такое?

Мы поженились два года назад, хотя и до брака несколько лет состояли в интимной связи. Последнее время мы даже всерьез подумывали о ребенке.

Нет, тут явно какая-то путаница. Угощая в клубе квартала Гион важных клиентов из Киото, Вы частенько засиживались допоздна, вот и на сей раз, по своему обыкновению, верно, заночевали в гостинице у храма Ясака!

Однако, увидев на больничной кровати мужчину, которого только что привезли из операционной, я с первого взгляда опознала Вас. Не описать словами чувства, что я испытала в тот миг. Шок?.. Потрясение?.. Я впала в какой-то транс и даже не смогла приблизиться к вашему изголовью, пока Вам делали переливание крови. Вы были на волосок от смерти... Ожидавший нас в коридоре сотрудник полиции сообщил, что раны в области шеи и грудной клетки нанесены ножом для фруктов, нож вошел весьма глубоко и просто чудом не задел сонную артерию. Он также сказал, что в гостинице ничего не знали о происшествии и спохватились довольно нескоро, так что Вы успели потерять много крови. Задето также одно легкое, где возник пневмоторакс. Когда Вас доставили в клинику, давление было почти на нуле, дыхание прерывистое, так что угроза летального исхода по-прежнему не исключается, и кризис продлится еще несколько часов. Тут подошел врач и дал обстоятельные пояснения. Из его слов вытекало, что положение по-прежнему серьезное, так что давать обнадеживающие прогнозы он пока не решается. Погибшую звали Юкако Сэо, ей было двадцать семь, она работала хостессой в клубе

«Арле», что в квартале Гион; у нее тем же ножом для фруктов буквально рассечена шея, так что девушка была уже при смерти, когда ее обнаружила гостиничная обслуга. Полицейский долго расспрашивал меня, но я совершенно не помню, что я ему отвечала.

И действительно, относительно Вас и Юкако Сэо я решительно ничего не могла сказать. Отец позвонил домой секретарю господину Окабэ и сказал: «Случилась ужасное. Возьмите мою машину и немедленно приезжайте в Арасияму!» Тон у него был удрученный. Он продиктовал Окабэ адрес больницы и положил трубку. Потом сунул в рот не прикуренную сигарету, посмотрел на меня и перевел взгляд на пейзаж за окном. Мне отчего-то врезалась в память эта картина: отцовское лицо и вид из окна больничного коридора в сумеречный предрассветный час. Когда не стало мамы, у отца было точно такое же выражение лица. Тогда он тоже как-то рассеянно, почти бессознательно сунул сигарету в рот. Мне было семнадцать, когда умерла мама. Врач сказал нам, что мама скончалась, — и я взглянула на отца, сидевшего у маминого изголовья. Отец всегда был очень сильным человеком, и я ни разу не видела у него даже признаков слабости духа. Вот и тогда он совершенно бездумно, рассеянно достал из нагрудного кармана сигарету и вложил ее в рот. В сущности, этот жест совершенно не соответствовал месту и обстановке. Теперь он стоял в длинном больничном коридоре с точно таким же отсутствующим выражением лица и незажженной сигаретой во рту, глядя на бледное предутреннее зимнее небо за окном. Мне вдруг стало как-то не по себе. Я достала из сумочки коробок и поднесла ему спичку. Пальцы мои были холодны, как лед, и мелко дрожали. Отец скользнул глазами по моим трясущимся рукам и коротко выдохнул: «Ну и пусть умирает! Верно?!» Но я об этом не думала — не могла думать. Я вообще не могла осознать, что же произошло. Если бы несчастный случай... Но все обстояло иначе. Ну почему мой муж решил покончить с собой вместе с какой-то хостессой?!

Лишь через два дня Вы пришли в сознание. За это время Вы дважды были, как говорится, на краю могилы. Но все-таки выжили, проявив поразившую даже врачей волю к жизни. Вообще все это поистине поразительно. И тут у меня, наконец, появилась возможность услышать правду из Ваших уст. Но объективно получалась странная картина: двойное самоубийство по сговору произошло без сговора! Просто Юкако Сэо, задумав покончить с собой, сначала решила убить Вас и нанесла Вам удары ножом, когда вы заснули. После чего сама перерезала себе горло. Вы даже вообразить не могли, почему Юкако Сэо совершила такой поступок. Собственно, только это Вы и могли сказать. Полицейским, приходившим в палату, Вы всякий раз отвечали одно и то же: «Не знаю». Сначала полиция предположила, что именно Вы являлись инициатором незадавшегося самоубийства, но факты, всплывшие в результате расследования, а также характер нанесенных Вам ран вскоре рассеяли подозрения. Таким образом, получалось, что Вы не только не замышляли самоубийства вместе с Юкако Сэо, но, напротив, сами стали несчастной жертвой беспрецедентного злодеяния. К счастью, Вы уцелели, и, казалось, на этом вопрос был закрыт. Все были удовлетворены — кроме меня. История о попытке самоубийства с любовницей женатого завотделом некоей строительной компании попала в газеты. Благодаря кровавому скандалу маленькая интрижка стала известна чуть ли не всей стране. Это было ужасным ударом не только для меня, но и для отца, прочившего Вас в свои преемники.

А помните ли Вы тот наш разговор?.. Врачи сказали, что дней через десять Вас можно будет выписать из больницы. Стоял теплый погожий день, когда я вошла в палату со сменой одежды и коробочкой мускатного винограда, который купила по пути в больницу — в универсаме на улице Каварамати. Путь по длинному коридору от комнаты ожидания до палаты я преодолела с уже въевшимся чувством страха, почти крадучись. Я дала себе слово, что не задам ни одного вопроса до тех пор, пока Вы окончательно не поправитесь. Но всякий раз, когда я шла по коридору, меня раздирали противоречивые эмоции. Наряду с сочувствием к Вам во мне вскипала волна неодолимой злости и обиды, и мне хотелось бросить Вам в лицо слова гнева, ревности и печали... Когда я вошла в палату, Вы стояли в пижаме у окна и смотрели на улицу. При виде меня Вы не проронили ни слова и снова повернулись к окну. Я подумала тогда: интересно все-таки, как он намеревается объяснить своей жене то, что случилось? Рана Ваша практически зажила, так не пора ли нам объясниться? Погода чудесная, в палате работают батареи и очень тепло, значит, сегодня мне удастся хладнокровно поговорить с Вами. А потому, укладывая вещи в ящик под кроватью, я открыла рот с намерением произнести как можно более равнодушно заранее заготовленную фразу: «Ну а теперь объясни мне, пожалуйста, все — так, чтобы я смогла понять, что же случилось...» Однако с языка у меня слетели совершенно иные слова — язвительные и возмущенные.

— Твоя связь... В этот раз ты перешел все границы! — выпалила я. После такого мирный ход беседы стал уже невозможен. В конце концов, я была всего-навсего женщиной, к тому же совершенно незрелой. Теперь-то я понимаю это.

— Ты ведь едва не лишился жизни! Поразительно, что ты вообще выжил! — добавила я. Вы выслушали мою тираду молча, даже не обернувшись.

Хорошо помню, как я упрямо бросала Вам в спину жестокие слова. Эти статейки в газетах, набранные крупным шрифтом, эти пересуды и пересмешки даже на фирме отца... По кварталу Короэн наша домработница Икуко ходила с низко опущенной головой...

37

Я все больше расходилась, и голос мой невольно срывался на визг: в нем зазвенели слезы. Ваше молчание приводило меня в исступление.

— Не знаю, смогу ли я жить вместе с тобой после такого, — вдруг вырвалось у меня под конец, и я, сама испугавшись того, что сказала, умолкла. После этого заявления мне действительно показалось, что нам с Вами придется расстаться. После того ужасного происшествия я, конечно, злилась на Вас, но до того момента даже не помышляла о том, что мы разойдемся. Я молилась лишь о том, чтобы Вы не умерли, чтобы смерть пощадила Вас. Ни о чем другом я просто думать не могла. Я смотрела на Вашу спину, и мне казалось, что душа моя обратилась в осколок льда. Ну почему мы должны расстаться? Почему на нас обрушилось это несчастье, разделившее нас? И вообще, как это случилось, что мы, любящие друг друга, счастливые муж и жена, должны разлучиться? Но Вы упорно молчали. Было ясно, что Вы не намерены говорить. Я и так плохо владела собой, а Ваше упорное нежелание объясниться лишь подлило масла в огонь.

— Ты так и будешь молчать? — не выдержала я.

Лучи уходящего весеннего солнца осветили Ваше иссиня-бледное после тяжелой болезни лицо, и на мгновенье оно стало похоже на маску театра Но, освещенную пламенем факелов. Вы, наконец, обернулись. На губах у Вас играла легкая усмешка. То, что я услышала, показалось мне неслыханной дерзостью, даже наглостью. Даже теперь, когда я вспоминаю эти минуты, во мне закипает жгучая ярость. Вам следовало сказать иные слова. Но Вы произнесли именно это: «Если даже я извинюсь, — неужели сможешь простить?..»

Думаю, мы оба вели тогда себя недостойно. Сообщив, что врачи собираются выписать Вас дней через десять, я удалилась, так и не присев за все время, что я пробыла в палате. Выйдя из больницы, я побрела к воротам по асфальтированной дорожке — и тут увидела подъезжающую машину отца. Тот выглянул из окна и несколько растерянно посмотрел на меня. Он приехал в больницу тайком, но столкнулся со мною нос к носу, а потому вид у него был довольно сконфуженный. Похоже, он собирался о чем-то побеседовать с Вами. Но встреча со мной изменила его планы. Он велел мне сесть в машину и приказал водителю, Кодзакай-сан, остановиться у какого-нибудь кафе. Отец откинулся на спинку сиденья, будто ужасно устал, и без конца щелкал крышкой зажигалки, то открывая, то закрывая ее.

— Представь себе, что скаковая лошадь сломала себе переднюю ногу, — сказал он вдруг, когда мы сели за столик в небольшом кафе. — Вот такие дела...

Потом взглянул на меня с каким-то ужасным выражением на лице и добавил, что «кувшин разбился вдребезги». Я поначалу никак не могла взять в толк, что он имеет в виду не наши с Вами супружеские отношения, а Ваше положение на фирме. Когда же до меня, наконец, дошло, я осознала весь ужас ситуации. При всей любви ко мне отец всегда оставался прежде всего бизнесменом, и в Вас он видел не столько мужа единственной дочери, сколько своего преемника. У отца не было наследников, потому он возлагал на Вас большие надежды. Вам, наверное, это прекрасно известно. Он буквально «тянул» Вас в компании «Хосидзима кэнсэцу», делая все, чтобы именно Вы сменили его на посту. Само собой разумеется, некоторым в компании не нравилась эта затея. Например, вице-президент Коикэ-сан, а также его приспешники Мориути-сан и Тадзаки-сан отнюдь не приветствовали Ваше появление в «Хосидзима кэнсэцу». В то время отец планировал пробыть на посту президента еще лет пятнадцать. Через пятнадцать лет Вам — его зятю — исполнилось бы сорок два. Так я, во всяком случае, поняла. Отец сам создавал эту компанию, но со временем, по мере развития дела, фирма стала принадлежать не только ему. Изначально это было семейное предприятие: Главным директором отец поставил своего младшего брата, управляющим делами — двоюродного брата, директором головного предприятия — племянника. Но после того, как он приблизил к себе деловитого и расторопного Сигэдзо Коикэ, подняв его до вице-президента, ситуация начала постепенно меняться. И это Вам, должно быть, прекрасно известно. Можно сказать, что Вы явились для отца заветной звездой. Вы бы, наверное, поразились, узнав, скольких сомнений и колебаний стоил ему выбор мужа единственной дочери. Я и сама узнала об этом от посторонних людей лишь после того, как мы развелись. Изначально существовало мое желание — выйти замуж за юношу по имени Ясуаки Арима. Это был, как говорится, свершившийся факт. Мы состояли в близких отношениях еще со студенческой поры, и оба хотели соединить свои судьбы. Но отец не счел наши желанья достаточно веским основанием для заключения брака. Он обратился в сыскное агентство, попросив досконально проверить Вас. Причем проверкой Вашей личности занималось не одно, а целых три агентства! Вы рано потеряли родителей и росли под присмотром дяди. Похоже, это особенно тревожило отца. Я не спрашивала у него, каким был результат трехсторонней проверки, но, поскольку вопрос решился положительно, думаю, что ничего дурного они не смогли откопать. Помните, как оценивающе смотрел на Вас отец при первой встрече? Словно пытался проникнуть к Вам в сердце. Это так в его духе! Как-то я случайно узнала от одного человека, что говорил ему мой отец: мол, у этого парня много хороших человеческих качеств, но не знаю, насколько он соответствует требованиям, предъявляемым к бизнесмену; и поскольку я выбираю не мужа для дочери, а преемника для президента «Хосидзима кэнсэцу», то не имею права на скоропалительное решение... Другому знакомому отец откровенно признался, как же мучительно трудно дается ему этот вопрос.

Учитывая, что он привык решать все практически единолично, не советуясь с кем бы то ни было, это было довольно странное заявление. Можно сказать, что он благословил наш брак потому, что принял решение вверить «Хосидзима кэнсэцу» постороннему человеку по имени Ясуаки Арима, не связанному с нашей семьей кровными узами.

Сидя в кафе и затягиваясь сигаретой, отец сказал: «Он мужчина, а поэтому ничего страшного не случилось бы, измени он тебе пару раз. Но то, что он сделал, — это уж чересчур». Отец глубоко вздохнул. Метнул на меня сердитый взгляд и опять завел разговор о том, что «лошадь сломала ногу», а «кувшин разбился вдребезги». Было ясно, что возврата к прежним отношениям уже не может быть.

В тот вечер к нам в дом пришел незнакомец. Отец уехал в Токио по служебным делам вечерним экспрессом «Синкансэн», и мы с Икуко остались одни. По домофону посетитель представился как отец Юкако Сэо. Мы с Икуко переглянулись, не зная, стоит ли принимать этого человека. В доме только женщины, час поздний, мужчина совершено незнакомый — все это рождало сомнения. К тому же какое дело может быть ко мне у отца покойной Юкако Сэо?.. Но мы все-таки впустили его в дом.

Пройдя в гостиную, старик (вообще-то по годам его нельзя назвать стариком, но маленький, с седыми волосами, он выглядел крайне старообразно) принялся смущенно благодарить за честь и все никак не мог остановиться, потом, странно скривив изрезанное глубокими морщинами лицо, стал извиняться за случившееся. Высказавшись, он умолк и низко-низко опустил голову. Я не знала, что и ответить, потом пробормотала что-то вроде того, что хорошо понимаю, как ему тяжело после кончины дочери. Сначала я опасалась, что отец Юкако Сэо начнет допытываться, что, да как, и почему, но, увидев его простодушное лицо и незатейливые манеры, я поняла, что страхи мои напрасны. Видимо, он решил, что будучи отцом женщины, совершившей такой ужасный поступок, он не может уехать, сделав вид, что ничего не случилось, и пришел принести свои извинения. Старик рассказал, что сегодня как раз сорок девять дней со дня смерти дочери, и потому он заказал в Киото немудрящую поминальную службу, а вот теперь собрался домой. Он посидел на диване, помаргивая маленькими глазками, и вдруг произнес: «Вот уж не думал, что у Юкако с господином Арима дойдет до такого!» Мне это показалось несколько странным, и я спросила: «Так Вы давно знаете Ариму?» В ответ старик поведал историю, которая привела меня в некоторую растерянность. Из его слов выходило, что Вы и Юкако Сэо какое-то время учились в одном классе средней школы. Похоже, старик и сам вспомнил об этом совсем недавно, поскольку на допросах в полиции ни словом не обмолвился, видно, запамятовал. Оказывается, когда скончалась Ваша матушка, а через короткое

43

время за ней последовал и отец. Вы жили у родственников в городке Майдзуру, прежде, чем Вас забрал к себе дядя. Тогда Вы учились в средней школе. В Майдзуру Вы прожили каких-то четыре месяца, а потом возвратились в Осаку. Но эти несколько месяцев Вы ходили в местную школу, где и познакомились с Юкако Сэо. Однажды Вы даже побывали у нее дома. Ее родители держали табачную лавочку, семья и жила при ней. Уехав в Осаку, Вы изредка обменивались с Юкако письмами. Старик рассказал, что после окончания школы дочь перебралась в Киото и работала в универмаге. «Я-то думал, что она так и трудится там... Из-за чего она умерла? Даже посмертной записки никому не оставила...» — сказал он. И снова принялся извиняться, еще ниже опустив голову. Мол, его дочь не только разрушила нашу семью, но и едва не лишила жизни моего супруга, так что он, отец Юкако, даже не знает, какими словами просить у меня прощения.

Я подала ему чай, но он, даже не пригубив его, ушел, еще больше сутулясь. После его ухода я долго сидела в гостиной, погруженная в мысли. Меня вдруг объяла глубокая скорбь. Я вдруг подумала, что Вас и Юкако Сэо связывала любовь. В этом слове был такой глубокий оттенок надежности, прочности, что оно надолго запало мне в душу. Получалось, что у Вас с Юкако была не мимолетная связь мужчины и женщины, а недоступное мне и вообще всем заурядным людям страстное чувство... Эта мысль, постепенно завладевая мною, переросла в убежденность. Я считала, что то была всего лишь интрижка, а оказалось... И тут впервые во мне вспыхнула исступленная ревность. В моем мозгу пронеслись смутные образы сломавшей переднюю ногу лошади и разбившегося на кусочки кувшина. Я потупила взгляд, заново осознав слова отца о том, что это непоправимо. И подумала, что нам с Вами необходимо спокойно, хладнокровно все обсудить. В моем мозгу возникла мысль о разводе. Я вдруг ощутила, как моя привязанность к Вам куда-то уходит — бесследно, беззвучно. И вместо нее поселяется ненависть. Мне вспомнились пять лет нашей любви — начиная с того, как я познакомилась с Вами на первом курсе университета, и до того момента, когда в двадцать три года стала Вашей женой. Я вспомнила два с лишним года нашей супружеской жизни. Но тут же мысли мои переключились на Ваше знакомство с Юкако Сэо, длившееся много дольше. Интересно, почему Вы утаили не только от меня, но и от следствия то, что познакомились с Юкако в школе? Не потому ли, что тут есть что скрывать? Возможно, это просто женская интуиция... Перед моими глазами возникло лицо умершей женщины по имени Юкако Сэо, которую я никогда не видела. Рядом стоите Вы, с привычно рассеянным видом, словно задумались о чем-то, а лицо такое, будто вот-вот скажете какую-нибудь колкость. Вы смотрите на меня. С Юкако Сэо Вас связывает до отчаяния глубокая любовь, а я —

я тут совершенно ни при чем. Лишняя. Впрочем, это мои обычные фантазии. И, прочтя эти строки, Вы, скорее всего, усмехнетесь. Но в таких случаях я доверяю своему сердцу. Вы и Юкако Сэо. Мужчина и женщина. Этот образ всегда пребудет в моей душе.

Накануне выписки из больницы Вы вдруг сами предложили мне развестись: «Я не вернусь ни в Короэн, ни в "Хосидзима кэнсэцу". У меня на это просто не хватит наглости», — сказали Вы и невесело улыбнулись. После чего в первый раз за все это время принесли мне свои извинения. Это было сделано в Вашей обычной резкой манере, и было видно, что приняв, наконец, решение, Вы даже почувствовали облегчение. Словно с Ваших плеч свалилась страшная тяжесть.

Я едва сдержалась, чтобы не выпалить: «Недавно к нам заходил отец Юкако Сэо. Так вы, оказывается, давно знакомы!» — и вместо этого с издевкой произнесла: «Да не тревожьтесь, я не стану осаждать Вас с вопросом выплаты компенсации!» Но тут же спросила: «Вы познакомились с ней в клубе квартала Гион?» Мне хотелось посмотреть на Вашу реакцию. Вы слегка кивнули и, глядя в окно, сказали: «Я был пьян и не помню, как было дело. Жизнь такая штука — никогда не знаешь, что может случиться». Потом мы вышли в больничный двор и погуляли под теплыми лучами настоящего весеннего солнца. Странно, но я была совершенно спокойной. Так бывает, когда смотришь на текущие струи воды с умиротворенной душой. И еще я думала о том, как счастливы мы были. Все было так безоблачно и безмятежно, пока не случилась эта ужасная трагедия. Да что же это такое?! Уж не привиделось ли мне все это во сне? — рассеянно думала я. И отчего это он собирается разводиться, а все равно притворяется, будто знать ничего не знает? Говорит, что был пьян... Ну, раз так, то и я притворюсь, будто знать ничего не знаю, — так думала я, гуляя рядом с Вами под еще голыми тополями.

Я до сих пор иногда спрашиваю себя: почему я тогда не попыталась расспросить Вас о том, что действительно было между Вами и той умершей женщиной? Тогда я сама себя толком не понимала, но теперь научилась немного лучше разбираться в собственных чувствах. Если выразить в двух словах, то тогда, накануне развода, мне отнюдь не хотелось зачеркнуть те годы, что мы прожили вместе. В глубине сердца еще теплилось некое подобие сочувствия, но ненависть к Вам была во сто крат сильнее. Она, словно змея, тугим кольцом свернулась в моей душе. И все это вместе взятое обостряло во мне ущемленное чувство достоинства и не позволяло расспрашивать или выказывать чувства. Возможно, мне хотелось убедить себя в том, что отношения с Юкако Сэо были не более чем преходящей, случайной связью, имевшей чисто физиологическую окраску. Иными словами, я не желала проигрывать той, пусть уже мертвой и незнакомой мне женщине.

В природе чувствовалось приближение весны, солнечные лучи сулили тепло. Во время прогулки Вы обмолвились, что после выписки из больницы намерены навестить дядю, — и больше не сказали ни слова. Вы вращали руками, останавливались, чтобы глубоко вздохнуть, сгибали ноги в коленях, словом, вели себя, как совершенно расслабившийся человек. Я же не раз вспоминала отца Юкако Сэо, его маленькую ссутулившуюся фигурку. Расставшись с Вами во внутреннем дворике больницы, я на электричке доехала до Кацуры, а потом пересела на поезд, следовавший до станции Умэда. В Умэде я направилась было к платформе электричек линии Хансин, намереваясь вернуться домой, но тут мне вдруг пришла в голову мысль зайти на работу к отцу, и я пошла по улице Мидосудзи к кварталу Ёдоябаси, где находилась его фирма. Сидя на диване в президентском кабинете, я поведала отцу о Вашем решении развестись. «Вот как?..» — протянул он — и больше ничего не добавил. Затем достал из портмоне пачку банкнот и положил передо мной. «Это тебе на мелкие расходы. Трать, как хочешь». Он слегка улыбнулся. Засовывая в сумочку деньги, я вдруг по-детски расплакалась в голос. То был единственный раз, когда я плакала из-за развода, но жгучие слезы все лились и лились, и казалось, что им не будет конца. Но я плакала не от грусти. На меня накатил панический ужас. Вот оно: началась полоса несчастий!

Причем невезенье коснется не только меня, но и Вас. От этой мысли у меня леденела кровь.

Смешавшись с толпой торопившихся домой служащих, я шагала к станции электричек по окутанной лиловыми сумерками Мидосудзи, низко опустив голову, чтобы никто не видел мою распухшую от слез физиономию. В тот момент я осознала, что нам действительно следует развестись. Мне вдруг представилось, что человека, который никуда не собирается плыть, насильно сажают в лодку и отталкивают суденышко от пристани.

Спустя месяц Вы прислали бракоразводные бумаги, и я поставила на них свою подпись и печать.

У меня такое ощущение, что я хотела написать о чем-то ином. Вовсе не о таких пустяках. Однако я уже исписала целую стопку почтовой бумаги... Что же все-таки побудило меня взяться за перо? Наверное, чувство щемящей грусти, что охватило меня в ту ночь, когда я любовалась звездным небом над Садом георгинов. И еще то странное чувство, что оставил в моей душе Ваш печальный профиль... Вы и впрямь показались мне невыразимо печальным при нашей встрече в кабинке фуникулера. Даже после ранения, когда Вы еще лежали на больничной кровати, Вы выглядели не столь безрадостно и уныло. В Дзао же в Вас ощущалась неимоверная, чудовищная усталость, даже некое безразличие к жизни, глаза горели каким-то тайным, мрачным огнем. Это так потрясло меня, что несколько дней я не находила себе места, и в конце концов мне взбрела в голову эта нелепая мысль — написать Вам письмо. Долгие годы мы не поддерживали никаких отношений, и я гнала от себя мысль, что развод принес нам обоим только несчастья. Если это действительно так, то выходит, что дурные предчувствия, посетившие меня в кабинете отца, не были женской блажью. Это ведь из-за Вас — из-за того, что Вы расстались со мною, — я родила ребенка по имени Киётака. Я не знаю, какими словами можно было выразить весь тот ужас отчаяния, когда я узнала, что мой ребенок болен. Ему исполнился годик, а он все еще не умел сидеть, и мне подумалось: вот оно, началось! Дурной сон становится явью! И в этом несчастье я винила именно Вас! Ведь если бы не то кошмарное происшествие, не было бы никакого развода. Я родила бы от Вас нормального ребенка и жила бы спокойно и счастливо. Да, это все из-за Вас! По настоянию отца я вышла замуж за Соитиро Кацунуму, доцента университета, и родила от него сына Киётаку. Выходит, мой ребенок родился неполноценным потому, что из-за развода с Вами я вступила в брак с Соитиро Кацунумой! Я действительно думала так, и эта мысль гвоздем сидела в моей голове. Я возненавидела Вас. Проклинала последними словами. Вы, наверное, скажете, что я возвожу напраслину, обвиняю Вас Бог знает в чем, без малейших на то оснований. Но я на самом деле видела связь между уродством рожденного мною сына с Вашей изменой, с Вашей ветреностью, что привела к столь кровавой развязке. Со временем боль моя поутихла, я постепенно оправилась от шока, и на смену отчаянию и злости пришло новое чувство — чувство всепоглощающей материнской любви, решимость бороться за сына. Ненависть к Вам постепенно исчезла из сердца. Да и сам Ваш образ как-то поблек, забылся. Целых четыре года я ездила в специализированный ортопедический центр, держа на руках беспомощного Киётаку. Каждый день меня раздирали отчаяние и какая-то безумная надежда. Но вот ребенок с трудом, но научился становиться на ножки, — а я рыдала. Потом с трудом научился самостоятельно передвигаться, — а я по-прежнему плакала... К счастью, заболевание Киётаки протекает в относительно легкой форме, постепенно он выучился говорить, хотя и довольно косноязычно, начал ходить, опираясь на костыль. Его приняли в первый класс специальной школы для таких же неполноценных детей. Будущее моего ребенка озарилось слабым лучиком надежды, да и ко мне пришло хотя бы некое подобие счастья. Да, я стала считать себя в общем-то счастливой, хотя всегда можно на что-то посетовать.

Я больше не хочу думать, что это все это из-за развода. Наверное, мне просто было необходимо взвалить на кого-то вину. Но я никогда не желала Вам ничего дурного. Никогда-никогда!

На этом я заканчиваю мое затянувшееся послание. Я сейчас уже и сама не знаю, зачем я написала это письмо, зачем так долго трудилась, складывая слова в предложения. В какой-то момент у меня появилось желание порвать и выбросить письмо, так и не опустив его в ящик... Но я все же отправлю его, чтобы Вы знали о моей встрече с отцом Юкако Сэо. Я вовсе не жду ответа. Сочтите это попыткой понять наш довольно странный, какой-то необъяснимый, сумбурный разрыв — спустя десять лет. Погода нынче холодная, так что берегите себя.

16 января
С уважением,

Аки Кацунума

P. S.
Чтобы Вам с первого взгляда стало понятно, кто отправитель письма, я поставила на конверте свое девичье имя — Аки Хосидзима. Ваш адрес я узнала от господина Такигути из отдела снабжения стройматериалами. Он сказал, что поддерживает с Вами приятельские отношения.

Госпожа Аки Кацунума!

Прочел Ваше письмо. Изначально я не намеревался писать ответ. Но прошло какое-то время, и я осознал, что и у меня накопилось немало невысказанного, так что после некоторых сомнений и колебаний я все же решил взяться за перо.

Вы изволили написать, что наш разрыв носил какой-то необъяснимый, сумбурный характер. На это могу сказать, что Вы абсолютно неправы. Лично у меня имелись вполне определенные, ясные причины. Я имею в виду ту самую злополучную историю, что произошла со мной. Будучи женатым человеком, я вступил в связь с посторонней женщиной, в результате чего попал в крайне неприглядную ситуацию. Такому не может быть оправдания. Считаю это достаточно веской причина для развода. Я поставил в неловкое положение очень многих людей. Я и сам пострадал, но рана, нанесенная мне, была ничтожной по сравнению с Вашей. Я также нанес огромный моральный ущерб Вашему отцу и компании «Хосидзима кэнсэцу». Так что вполне естественно, что я попросил у Вас развод. Полагаю, на этом данную тему можно закрыть.

Свое письмо я хотел бы начать с другого. Я хочу рассказать о том, какой характер носили наши отношения с Юкако Сэо. Наверное, это необходимо сделать хотя бы из соображений приличия и уважения к Вам. Потом я хочу принести Вам свои извинения за то, что столь долгое время обманывал Вас. Так что, надеюсь, Вы поймете, почему я умолчал об этом при разводе.

Возможно, Вы сочтете мое заявление чересчур театральным, но дело в том, что мне не хотелось причинять Вам еще большую боль. Однако и Вы скрыли от меня то, что встречались с отцом Юкако Сэо! Признайся Вы в этом, может статься, и я бы умерил гордыню и рассказал все, как было, — еще в тот день, когда мы гуляли в больничном дворе. Но Вы промолчали. Вы пишете мне о своей интуиции. Читая письмо, я убедился в том, какая же это страшная штука — женская интуиция! Она позволяет проникнуть в сокровенную суть вещей...

С Юкако Сэо я познакомился еще в школьные годы, когда учился во втором классе школы средней ступени. После смерти родителей меня забрали к себе родственники по матери, жившие в городке Майдзуру. Это была супружеская пара по фамилии Огата. Детьми они не обзавелись, и даже, кажется, собирались усыновить меня. Но я тогда был в очень трудном возрасте, четырнадцать лет, а потому ни я сам, ни Огата не знали, как сложатся у нас отношения, и мы решили какое-то время просто пожить вместе, не оформляя бумаг, посмотреть, что из этого выйдет. Таким образом я оказался в доме Огата и стал ходить в местную среднюю школу. С той поры прошло двадцать лет, и я почти не помню тот период — каким я был, какие мысли занимали меня. Лишь одно я помню отчетливо даже теперь — чувство жуткого одиночества, какой-то богооставленности, что охватило меня, когда я сошел на станции Хигаси-Майдзуру. У меня даже сердце сжалось тогда от тоски. Городок Хигаси-Майдзуру, насквозь продуваемый леденящим ветром с моря, показался мне убогой дырой, загадочно мрачной и унылой. На самом деле то был тихий городишко в северной части префектуры Киото, на берегу Японского моря. Зимой он завален снегом, летом там влажно, как в бане, весной же и осенью небо застилают плотные тяжелые тучи. На улицах редко встретишь прохожего, только соленый ветер несет клубы пыли... Не могу передать, сколь остро мне захотелось обратно, в Осаку. Но возвращаться было некуда. Супруги Огата, похоже, вскоре горько пожалели о том, что взяли меня к себе. Мы так и не смогли привыкнуть друг к другу. Проходили дни, а я все стеснялся и дичился, Огата тоже чувствовали себя не в своей тарелке. Дядя служил в городской пожарной команде и был честным, добросовестным человеком. Тетка, родившаяся и выросшая в Майдзуру, отличалась ровным, спокойным нравом. Они оба просто из кожи лезли, пытаясь заменить мне родителей, но я наглухо закрыл свое сердце, и они стали явно тяготиться мною.

И в школе я ни с кем так и не подружился. Наверное, мои одноклассники тоже не знали, как держать себя с молчаливым мальчиком из большого города, только что потерявшим родителей. Прошло несколько месяцев, а я так и не мог привыкнуть ни к школе, ни к дому супругов Огата. Однако за это время произошло нечто такое, что перевернуло всю мою душу. Я безумно влюбился. Девчонки обожают всякие сплетни, и они постоянно шушукались об одной моей однокласснице, что та, мол, крутит роман с каким-то парнем из старшей школы, что уже познала мужчин, что из-за нее устроили драку мальчишки из дурных компаний, ну и так далее. За ней прямо-таки тянулся шлейф подобных слухов. Так вот, единственной радостью за время непродолжительной жизни в Майдзуру была для меня любовь к этой девочке, которую звали Юкако Сэо. Запершись в своей комнате, которую отдали мне супруги Огата, я писал Юкако Сэо письма, ни одно из которых так и не опустил в ящик. Написав письмо, я запечатывал его в конверт, несколько дней хранил в столе, спрятав под бумагами, а потом сжигал на пустыре за домом. Вспоминая сейчас о тех днях, я прихожу к выводу, что это была не мимолетная влюбленность зеленого юнца, а безумная, всепоглощающая страсть. Возможно, таким образом я просто пытался как-то заполнить тоскливую пустоту души. Как бы там ни было, я только издали, украдкой любовался ее профилем, ее движениями, и даже не пытался заговорить с ней, высказать ей свои чувства. Да, чувства мои были глубокими и обжигающе-пылкими, но все-таки я в свои четырнадцать лет еще оставался сущим ребенком. А Юкако Сэо на фоне своих ровесниц казалась такой изысканной, такой взрослой... Она и смеялась, и разговаривала, и ходила как-то иначе, чем все. Даже ногу на ногу клала как-то особенно, по-своему. Возможно, сама атмосфера мрачноватого и почти безлюдного приморского городка придавала особую, мистическую загадочность окружавшей эту девочку ауре. Всякий раз, выслушивая очередную непристойную историю про Юкако Сэо, я ощущал, как вскипает во мне любовное чувство. Мне казалось, что эти толки и пересуды, отдававшие некой греховностью, даже «шли» ей, делали еще привлекательней. Мне она казалась просто блистательной красавицей.

В тот день в начале ноября дул характерный для Майдзуру отвратительный холодный ветер. (Вы, возможно, посмеетесь над тем, что я, расчувствовавшись, пустился в воспоминания, но всякий раз, когда я думаю о том, как Юкако Сэо сама оборвала свою жизнь в гостиничном номере, мне с болезненной отчетливостью вспоминаются те события двадцатилетней давности.)

После занятий в школе я решил немного прогуляться и вышел из дома, направившись в сторону порта. Уже не помню, куда и зачем я тогда шел. В восточной части извилистого залива Майдзуру был полузаброшенный порт Майдзуру-Хигаси, где швартовались небольшие рыбацкие суденышки. Ломаная линия грязного волнолома, пронзительные крики чаек, перекрывающие рев дизельных моторов... Облокотившись на волнолом, я постоял, созерцая портовый пейзаж. В то время сам вид моря наводил на меня гнетущую тоску, и мне отчаянно хотелось назад, в Осаку. Я смотрел на небо, и оно казалось мне ужасающе мрачным, меня затопляла любовь к покойным родителям. В тот день на меня нашло такое же настроение. Глядя на неторопливые волны, я предался мечтам о том, как мне вернуться в Осаку. Человек — престранное создание. Порой в памяти с потрясающей яркостью сохраняется какой-нибудь очень далекий и совершенно незначительный эпизод. Я, например, отчетливо помню, как позади меня проехала на велосипеде женщина с сидевшим на багажнике ребенком. Голова у нее была повязана полотенцем. Лишь на мгновенье я встретился взглядом с захлебывавшимся от плача малышом, но до сих пор помню его припухшие от плача глаза. Когда его плач стих в дали, я повернулся в сторону порта, снова облокотившись о волнолом, — и вдруг увидел медленно бредущую Юкако Сэо. Она была в школьной матроске. Погруженная в свои мысли, девочка не замечала меня. Едва не уткнувшись в меня, Юкако резко остановилась. Я замер в полной растерянности, а она сердито уставилась на меня. Хотя мы учились в одном классе, до того дня не обменялись друг с другом ни словом. Но тут Юкако вдруг спросила, что это я делаю в таком месте. Я промямлил что-то невразумительное, запинаясь и путаясь. Как-то задумчиво, словно прикидывая что-то, она сообщила, что собралась прокатиться на катере, и спросила, не составлю ли я ей компанию. Я поинтересовался, куда она собирается плыть, и Юкако пояснила, что хочет сделать один кружок по заливу. При этом она взглянула на пришвартованный неподалеку катер. Пробормотав себе под нос какую-то малопонятную фразу, вроде того, что «знай он, как обернется дело, ни за что не пригласил бы кататься», Юкако зашагала к лодке. Мне почему-то казалось, что у нее нет особого желания кататься. Правда, меня одолевало какое-то нехорошее предчувствие, но все же до смерти не хотелось расставаться с Юкако, и я продолжал шагать за ней, обдуваемый морским бризом.

Лодка называлась «Осуги-мару». В ней стоял молодой парень. Заметив Юкако, он улыбнулся и помахал рукой. Но при виде меня глаза у него недобро заблестели. Парень был пострижен под ноль, и поначалу я принял его за ученика школы высшей ступени, но, присмотревшись, понял, что лет ему гораздо больше, наверное, года двадцать два — двадцать три. Юкако окинула парня взглядом и сообщила, что я — ее одноклассник, что меня перевели в Майдзуру из Осаки и что я тоже хочу покататься, а потому она захватила меня с собой. Парень оценивающе оглядел меня, потом легонько кивнул и, пройдя в кабину, завел мотор, потом пригласил нас на борт. Едва катер отчалил, он громко спросил, умею ли я плавать. Я ответил, что, в общем, держусь на воде. Тогда парень выскочил из кабинки и, схватив меня за шиворот, швырнул в воду. Вынырнув, я успел увидеть, как вслед за мной в воду прыгнула Юкако — прямо в матроске. Парень что-то кричал нам вслед, но мы изо всех сил гребли к причалу, не обращая на него внимания. Я первым выбрался на причал, помог забраться Юкако — и бросился бежать. Вода стекала с меня ручьями. Однако, пробежав несколько шагов, я остановился. Дело в том, что я испугался, что парень бросится за нами в погоню. Но лодка неслась вперед по заливу. Парень, похоже, и не думал поворачивать обратно. Ботинки свалились с ног, пока мы плыли, и мы стояли в мокрых носках. Юкако подбежала ко мне, схватила за руку и принялась извиняться, а потом вдруг громко расхохоталась. Я даже растерялся — уж очень странный у нее вышел смех. Она стояла, вцепившись в мою руку, мокрая, как мышь, и смеялась, дрожа всем телом. Отсмеявшись, она пригласила меня домой. В ноябре море в Майдзуру холодное, я просто заледенел и тоже начал дрожать мелкой дрожью.

Юкако предложила мне переодеться в одежду ее старшего брата. Мы рысцой потрусили от порта в город, под удивленными взглядами прохожих.

Дом Юкако находился на окраине города — неподалеку от дома дяди Огата, рядом с сушильней, где вялили рыбу. Сушильня представляла собой крытый почерневшим шифером сарай, который окружал деревянный забор. Все вокруг, казалось, пропиталось запахом рыбы. Вокруг составленных штабелями деревянных ящиков с рыбой кружили стаи одичавших псов.

На двухэтажном доме Юкако красовалась вывеска табачной лавки. У входа в лавку сидела мать Юкако. Увидев нас в таком виде, она даже вскрикнула от удивления. Юкако сказала, что мы играли на причале, но нечаянно свалились в воду, и попросила у матери разрешения дать мне одежду брата. Пока Юкако переодевалась у себя на втором этаже, я тоже скинул промокшую форму и белье и натянул пропахшую нафталином одежду, которую принесла мне мать. Брат Юкако как раз в том году закончил школу высшей ступени и уехал в Осаку, работать на автомобильном заводе. Я знал, что у Юкако есть брат, но никогда не видел его. Переодевшись, Юкако позвала меня наверх, и я поднялся к ней на второй этаж. Она надела алый свитер и теперь вытирала мокрые волосы полотенцем. Чтобы не простудиться, надо согреться, сказала она и вытащила на середину комнаты электроплитку. Мать подала нам горячего чаю, и мы с Юкако, сидя у раскалившейся докрасна печки, какое-то время молча прихлебывали из чашек. На столе у Юкако стояли электрическая лампа, маленькая деревянная шкатулка и глиняная кукла. Я помню до сих пор, что все это было расставлено как-то по-девчачьи. И вообще все в этой комнате было каким-то по-детски чистым, не вязавшимся с окружавшими Юкако сплетнями. Длинные, распущенные по плечам волосы Юкако отливали влажным черным глянцем, на щеках играл красноватый отсвет раскалившейся плитки. Она словно испускала некий аромат чувственности, в котором было сокрыто нечто темное, тайное. Мне вдруг почудилось, что передо мной зрелая женщина, которая только что приняла ванну и теперь сушит волосы, погруженная в свои мысли. Нет, пожалуй, нельзя сказать, что я воспринимал ее так тогда. Правильней будет сказать, что такой она кажется мне сейчас, когда я вспоминаю школьницу Юкако двадцатилетней давности. «Зачем ты прыгнула в воду?» — спросил я ее. Она озорно улыбнулась и сказала, что не захотела оставаться вдвоем с тем парнем. Зачем же она тогда вообще захотела кататься на лодке, не унимался я. В ответ Юкако бросила на меня косой, своенравный взгляд, а потом нахмурилась и замолчала. В конце концов, она рассказала, что парень давно липнет к ней, даже несколько раз подкарауливал ее после занятий, вот она и подумала, что он, наконец, отвяжется от нее, если Юкако хотя бы разок уступит его домогательствам. Тогда я поведал о том, что говорят о ней в школе, и спросил, правда ли это. Что-то правда, а что-то — вранье, как-то уклончиво сказала она — и попросила никому не говорить о том, что случилось сегодня. От жара маленькой плитки руки мои согрелись, щеки пылали, дрожь унялась. Напряжение стало спадать, мне становилось легко и спокойно. Меня охватило призрачное ощущение, что нас с Юкако связывают узы какой-то давней, невинной близости. Я принялся корить ее за то, что она сама заигрывает с парнями и невольно дает им повод для приставаний. «И вовсе нет!» — резко ответила она и, прикусив нижнюю губу, посмотрела на меня долгим взглядом. Глаза при этом у нее были почему-то печальные-печальные, от чего Юкако показалась мне еще красивей. От этих печальных глаз на меня вдруг нахлынуло привычное чувство тоскливого, непреодолимого одиночества. И я поведал ей, как ненавижу этот самый Майдзуру и как мечтаю вернуться обратно в Осаку. Солнце зашло, в комнате стало темно, светилась только витая спираль электроплитки...

Я написал эти строки, и мне показалось, что все это было со мной только вчера. Тот вечер живет в моем сердце, как призрачная, мимолетная, невозвратимая мечта — и невосполнимая утрата... Я повзрослел, стал жить в обществе, женился на Вас, но воспоминания возвращались ко мне снова и снова.

...Она протянула ко мне руки, прижала ладони к моим щекам, спокойно прислонилась лбом к моему лицу и, заглянув мне в глаза, как-то сдержанно рассмеялась.

Нет, что ни говори, четырнадцатилетние девочки так себя не ведут. На мгновение я опешил. Но тут же впал в какой-то пьянящий экстаз. Юкако прошептала, что я давно нравился ей, но сегодня она влюбилась по-настоящему, и, прижавшись, вдруг поцеловала меня. Сегодня, наверное, можно сказать, что такая прямолинейная смелость с мужчинами была кармической сущностью человека по имени Юкако Сэо — даже в ее четырнадцать лет. Я не очень отчетливо понимаю, какой подтекст таит в себе эта фраза — «кармическая сущность». Но всякий раз, когда я вспоминаю Юкако Сэо, в моей голове всплывают именно эти слова. Мне кажется, они наиболее точно выражают ее женскую суть.

На лестнице послышались чьи-то шаги, и мы отпрянули друг от друга. Это оказался отец Юкако, который пришел с работы и теперь поднимался на второй этаж. В то время он не только держал табачную лавку, но и прирабатывал на фирме по переработке морепродуктов. Юкако представила меня, пояснив: я потерял родителей и меня забрала к себе в Майдзуру семья дяди. Она разговаривала с отцом в какой-то ребячливой манере, словно была еще маленькой «папиной дочкой», а вовсе не взрослой девушкой. В ней не осталось даже намека на ту Юкако, что еще минуту назад прижималась ко мне и нашептывала сладкие слова.

Мать Юкако завязала в фуросики* мою промокшую одежду, и я покинул дом Юкако Сэо. Юкако проводила меня до сушильни — и распрощалась с самым невозмутимым видом, словно бы ничего и не произошло. Но вышло так, что это была для нас первая и последняя встреча в Майдзуру. Возвратившись домой, я обнаружил там брата отца, который жил в Осаке, в районе Икуно. Похоже, между ним и семьей Огата все уже было договорено, поскольку он приехал, чтобы забрать меня к себе. Он сказал, что с самого начала хотел забрать меня, но уступил настоятельным просьбам Огата и потому отправил в Майдзуру. Он сказал: «Тебе лучше жить в Осаке с точки зрения будущей карьеры. Я не слишком богат, ты и сам это знаешь, но все же постараюсь заменить тебе отца и буду заботиться о тебе до тех пор, пока ты не встанешь на ноги и не начнешь обеспечивать себя сам», — после чего предложил мне собрать мои вещи, если я согласен с его предложением.

По сути дела, вопрос был решен, хотя я и рта не успел открыть. Разумеется, возвращение в Осаку было верхом блаженства, но дать согласие сразу же было бы неприлично по отношению к супругам Огата, а потому я попросил дать мне время все хо-

---

* *Фуросики* — платок, в который японцы заворачивают вещи. Служит чем-то вроде сумки.

рошенько обдумать и поднялся к себе на второй этаж. Все мое тело горело от недавних прикосновений Юкако Сэо, так что меня раздирали самые противоречивые чувства. Я прислонился к стене в своей комнате и задумался. Мне ужасно хотелось в Осаку, хотя признание Юкако Сэо в любви потрясло меня до глубины души. К тому же я хорошо понимал, как тяготятся мной тетя и дядя, а ведь мне было тогда всего четырнадцать лет. А потому я должен был уехать в Осаку. У меня просто не было выбора.

В тот же вечер мы с дядей зашли домой к нашему классному руководителю и сообщили о том, что завтра отправляемся в Осаку, хотя это несколько неожиданно. Наутро я отправился к Юкако Сэо, чтобы вернуть вещи старшего брата. Но вышло так, что мы разминулись: Юкако уже ушла в школу. Я вкратце рассказал отцу Юкако о своих обстоятельствах, попросил адрес и побежал на станцию, где ждал меня дядя. До отправления поезда оставалось совсем мало времени, и он уже нервничал. Так я покинул Майдзуру, впопыхах не успев проститься ни с Юкако, ни с одноклассниками.

Сразу же после приезда в Осаку я послал Юкако письмо. Сейчас уже не помню, что я там написал, помню только, что она сразу же ответила мне. Потом я ежемесячно отправлял в Майдзуру письма. Юкако тоже прислала два-три письма, а потом замолчала. Тем временем я поступил в школу высшей ступени.

Время от времени лицо Юкако всплывало в памяти с такой отчетливостью, что казалось, я сойду с ума. Сколько раз я был готов ринуться в Майдзуру, чтобы увидеться с ней! Но, несмотря на исступленную, обжигающую любовь, я тоже перестал писать к Юкако. Она не отвечала, и постепенно превратилась в далекую, недосягаемую мечту. Я начал склоняться к мысли, что все, что происходило в тот вечер в комнате Юкако, было не более чем ее сиюминутным капризом. Она теперь перешла в школу высшей ступени, и пересуды о ее искрометных романах стали еще более впечатляющими и цветистыми, так что она, конечно же, просто забыла о том, что было у нас с ней, — говорил я себе. А тут пришло время и мне готовиться к экзаменам в университет. Занятия отнимали очень много времени. Юкако Сэо, казалось, совершенно исчезла из моей памяти, но временами перед глазами всплывала ее фигурка в тот предзакатный час, в комнатке на втором этаже, ее мокрые, распущенные по плечам волосы, ее сдавленный, тихий смешок, ее шепот...

На третьем курсе университета я познакомился с Вами. Даже после свадьбы Вы без конца приставали ко мне, чтобы я снова и снова рассказывал, как мое сердце похитила одна студентка, которая лакомилась мороженым в компании приятелей на лужайке университетского кампуса. Честно признаться, Вы просто достали меня этими шуточками... Сейчас, наверное, мои слова прозвучат очень глупо, но тем не менее я снова могу повторить эту фразу. Это была любовь с первого взгляда. Что я только не вытворял, чтобы привлечь Ваше внимание. Юкако Сэо совершенно истерлась из памяти, ее заменила некая бойкая и живая девчонка из хорошей семьи. Однако, как выяснилось, Юкако Сэо, обитавшая в моем сердце, лишь затаилась на время. Я осознал это спустя долгое время.

Потом я женился на Вас, поступил на работу в фирму «Хосидзима кэнсэцу». После этого прошло еще около года. И вот некая машиностроительная фирма поручила нам строительство завода в Майдзуру, но на условиях, что работы будут вестись совместно с одной местной строительной фирмой. Вместе с отвечавшим за строительство человеком и главным проектировщиком мы выехали в Майдзуру, чтобы осмотреть строительную площадку. Прошло десять лет с того дня, когда я последний раз видел город. С делами мы управились довольно скоро, потом зашли в привокзальную гостиницу и поужинали, хотя час был довольно ранний. Меня вдруг охватили ностальгические чувства, мне захотелось взглянуть на город и порт, и я в одиночестве отправился побродить по Майдзуру. Прежде всего я заглянул в дом супругов Огата. Два года назад дядя ушел в мир иной, так что я предположил, что тетя в доме одна. Однако я не застал ее и от нечего делать побрел в сторону порта. Тут мне вспомнилась Юкако. Интересно, что с ней сталось, подумал я. Может, уже и замуж вышла, и ребенка родила... Ноги сами понесли меня на окраину, к дому Юкако Сэо. За прошедшие десять лет Майдзуру разительно переменился. На месте бывшей сушильни выросла большая фабрика по переработке морепродуктов, и только дом с табачной лавкой остался точно таким же, как годы назад. За прилавком сидела ужасно постаревшая мать Юкако. Я купил сигарет, заглянул в глубь лавочки — и потом все же решился заговорить с хозяйкой. Я назвал свое имя, пояснив, что учился с ее дочерью в средней школе и что однажды даже заходил к ним в дом, чтобы переодеться в сухое, когда свалился в гавани в воду. Потом поинтересовался, здорова ли Юкако, как у нее дела. Женщина на мгновенье задумалась, но потом все же, похоже, вспомнила меня. «Вы, верно, и есть тот юноша, который уехал в Осаку, а потом еще письма слал?» — уточнила она. Я утвердительно кивнул. Тогда мать Юкако радостно заулыбалась и даже вышла ко мне из-за прилавка. Она вежливо поклонилась, потом рассказала, что Юкако теперь служит в Киото, в одном универмаге, расположенном в квартале Каварамати. Насколько ей известно, она работает в отделе постельных принадлежностей. «Окажетесь в Киото, непременно загляните к ней», — добавила она. Я сказал, что думал, она уж и замуж вышла, и ребенка уже родила, на что ее мать рассмеялась: Юкако, мол, совсем не слушает родителей и до сих пор живет, как ей вздумается, одни развлечения на уме, вот было бы счастье, если какой-нибудь хороший человек взял бы дочку в жены и позаботился о ней... Солнце уже зашло. Я прогуливался по тихим улочкам Майдзуру и добрел до порта. Постоял, опершись на волнолом и вглядываясь в мелькавшие у входа в гавань огоньки. И тут мне в голову пришла мысль, что память о Юкако, живущая в моей душе, наверное, не более чем отзвук далеких дней, затянувшаяся рана прошлого, которая есть, наверное, в душе каждого человека. И на меня нахлынули сладкие воспоминания о том, как мы когда-то случайно повстречались здесь с Юкако, как тот незнакомый парень сбросил меня в море. Я принялся вспоминать, чем были заняты мои мысли в те далекие дни, когда я после смерти родителей оказался в Майдзуру в доме Огата, страдая от тоски и одиночества. И еще мне подумалось, какой, в сущности, странной девочкой была эта Юкако Сэо... Я долго-долго стоял на берегу, под пронизывающим морским ветром, во власти воспоминаний. И тут вдруг дух Юкако Сэо словно растаял, покинул меня. В самом деле, исчез, оставил меня в покое. Я буквально физически почувствовал это. С наслаждением выкурив несколько сигарет, я возвратился в привокзальную гостиницу.

Прошло еще несколько недель. Был дождливый день, когда я выехал на машине в Киото. Мне нужно было навестить лежавшего в больнице неподалеку от парка Маруяма одного человека — начальника производственного отдела фирмы-заказчика. На светофоре я осмотрелся в поисках какой-нибудь зеленной лавочки. Прямо передо мной был универмаг. Попросив водителя обождать, я вошел туда, чтобы купить для больного дыню. Пока продавщица заворачивала покупку, я вдруг сообразил, что в этом же универмаге должна работать Юкако Сэо — только в отделе постельных принадлежностей. И тут сердце мое затрепетало... (Ничего не скажешь, хорош! Только год, как женился, прекрасная жена... Но, видно, так уж устроены мужчины, попытайтесь понять это, прошу Вас.) Я поднялся на шестой этаж в отдел постельных принадлежностей. У меня и в мыслях не было даже вступать с ней в какие-то разговоры. Мне только хотелось одним глазком посмотреть на нее, просто любопытство взяло — какой она стала женщиной. Ничего другого на уме у меня не было. Я внимательно оглядел всех продавщиц отдела, но никто из них не был похож на Юкако Сэо. На груди у всех девушек были прикреплены карточки с именами, но фамилии Сэо я не обнаружил. Сейчас я иногда думаю, что вот если бы тогда так и ушел ни с чем, ничего бы и не случилось, но в жизни, похоже, нас подстерегают невидимые западни, из которых выбраться невозможно. Вот я и спросил у одной из продавщиц, не работает ли у них девушка по имени Юкако Сэо. Тогда она, приоткрыв дверь, ведущую в подсобное помещение, крикнула: «Сэо-сан! К Вам пришли!» Я даже не успел остановить ее.

71

Вскоре из подсобки вышла сама Юкако и с некоторым недоумением воззрилась на меня. Мне ничего другого не оставалось, как объясниться.

Я представился и посмотрел на ее реакцию. Она снова с удивлением уставилась на меня. Тогда я скороговоркой повторил ей все то, что несколько недель назад говорил ее матери. И присовокупил, что, случайно оказавшись в этом универмаге, вспомнил детские годы и решил заглянуть к ней в отдел.

Тут Юкако, наконец, вспомнила меня. Ее лицо осветилось точно такой же девчоночьей улыбкой, что была у нее десять с лишним лет назад. В форме продавщицы она выглядела куда скромнее, чем я ее воображал, но когда она распахнула свои огромные глазищи и засмеялась, мне тут же вспомнилась прежняя красотка, о которой ходили невероятные, сказочные истории. Да, это была она, та самая Юкако. Я даже невольно оторопел при виде такой девической свежести. Ведь многие женщины, входя в возраст, как-то грубеют, теряют свою миловидность.

Она со щемящей, теплой грустью взглянула на меня и сказала, что разговаривать стоя как-то неловко, и пригласила зайти в небольшое кафе по соседству с универмагом. Ничего, мол, страшного не случится, если она улизнет с работы на полчаса. Но когда мы сели за столик друг против друга, оказалось, что и говорить-то особо не о чем, поэтому я пустился в воспоминания о Майдзуру. Когда же я на мгновение закрыл рот, Юкако невпопад сказала:

«А я увольняюсь из универмага!» На мой вопрос, чем она собирается заниматься, Юкако сообщила, что и раньше частенько подрабатывала в одном из клубов квартала Гион, а теперь, после долгих раздумий, все же решила перейти туда на постоянную работу. Она достала из карманчика форменного платья спичечный коробок с телефоном и адресом заведения. Я ответил, что наша фирма как раз собирается пользоваться услугами клубов в квартале Гион, для того чтобы «подмазывать» заказчиков. На что Юкако со смехом сказала: «Ну, тогда приводи их к нам!» И через месяц я действительно привел в клуб «Арле» пару важных персон из фирмы-заказчика.

Я взялся за перо, чтобы начистоту, без утайки рассказать Вам все про свои отношения с Юкако Сэо, но если я сейчас не остановлюсь, то письмо у меня получится даже длиннее Вашего. Мой рассказ и так чересчур затянулся. Мне даже писать надоело. Все равно ничего не изменишь. Но теперь Вам должно быть понятно, как зародившееся чувство вылилось в банальную связь между мужчиной и женщиной. Почему Юкако Сэо оборвала свою жизнь? Почему решила всадить в меня нож? Подумав, я понял, что не обязан излагать все, что касается этого дела, до мельчайших подробностей. Что же касается существования между мною и Юкако «страстной тайной любви», не оставлявшей, как Вы написали, места ни для кого другого, могу лишь сказать, что сейчас все это представляется мне каким-то смутным и непонятным сном. Сейчас мне кажется, что исступленная любовь существовала лишь в детстве, в Майдзуру, а по прошествии десяти лет мною владело только грубое вожделение. Как бы там ни было, примите мои извинения за причиненную Вам боль, за страдания, за предательство. Я уже устал писать и плохо соображаю, но в заключение позвольте пожелать Вашей семье счастья. На этом заканчиваю,

С почтением,

Ясуаки Арима

6 марта

Господин Ясуаки Арима!

Растущее у нас во дворе старое дерево мимозы, которое я уже считала полупогибшим, расцвело и в этом году. Стоит, все усыпанное мелкими желтыми цветами... Я ужасно люблю эти словно припудренные цветы, а потому сразу взяла ножницы и пошла срезать хорошую веточку, чтобы поставить ее в вазу. Но стоило мне дотронуться до нее, как цветы тут же принялись осыпаться. Они все продолжали облетать, пока я несла веточку домой. Я даже остановилась в растерянности. Всякий раз, когда я беру в руки мимозу, меня мгновенно охватывает какая-то странная, гнетущая печаль. Взяв в руки толстый конверт с Вашим посланием, я подумала: вот уж не предполагала, что получу ответ. Сердце у меня учащенно забилось, мне было страшно вскрывать конверт. Когда же я дочитала письмо до конца, меня охватило точно такое чувство, что я испытываю при виде облетающих цветов мимозы. Я и представить себе не могла, что Ваш ответ будет столь романтичным. Меня охватила щемящая грусть, потому что у меня вдруг возникло ощущение, что это письмо пи-

75

сал не Ясуаки Арима, а совершенно другой человек. Что Вы хотели сказать мне этим письмом? Что, собственно, я могу уяснить из него? Вы вдохновенно исполнили прелюдию, но когда дошло до основной темы, Вы, сославшись на усталость, взяли и захлопнули крышку рояля. Это была долгая и сладкая прелюдия, одурачивающая слушателя.

Я отправила Вам письмо, вовсе не рассчитывая получить на него ответ, но он все же пришел. Когда же я попыталась переварить написанное, у меня случилось что-то вроде несварения желудка. Мне бы хотелось узнать все до конца — как у Вас было с Юкако Сэо. Почему она сама оборвала свою жизнь? Почему она попыталась взять Вас с собой? Сейчас мне нестерпимо хочется узнать это. Я имею на это право. Прежде у меня никогда не возникало подобной мысли, но теперь, после столь романтического рассказа о Вашей первой любви мне захотелось заявить о своих «правах» и потребовать у Вас подробных объяснений. Мне захотелось выяснить и многое другое. Зачем вы приезжали в Дзао? Как Вы живете? Ужасно хочется знать. Я и сама себя не пойму — может, и то, первое письмо я написала Вам именно потому, что мне захотелось узнать все. После Вашего неожиданного ответа у меня сейчас такое состояние, как у ребенка, которого резко подняли со сна. Мы расстались десять лет тому назад, нас не связывает ничто, и, тем не менее, я чувствую, что мне не будет покоя, пока Вы не расскажете эту романтическую историю до конца. Я хочу знать развязку. Пожалуйста, опишите мне все, как было — начиная с Вашей встречи в универмаге и до того злополучного самоубийства в гостинице в Арасияме. Возможно, это лишнее, но сообщаю Вам, что мой супруг в конце этого месяца отбывает в трехмесячную командировку в Америку. Там он будет читать в каком-то университете лекции по истории Востока.

С уважением,

Аки Кацунума

20 марта

Госпожа Аки Кацунума!

Внимательно прочитал Ваш ответ. Действительно, Вы имеете все основания для негодования. Я и сам довольно долго испытывал к себе чувство легкого отвращения после того, как отправил свое письмо. Мне было стыдно, что я раскис, как мальчишка, — в мои-то годы! Я чувствовал себя полным идиотом несколько дней и никак не мог успокоиться. Но впредь я не стану писать Вам. Честно признаться, переписка с Вами стала мне в тягость. Не думаю, что я обязан рассказывать вам о своих отношениях с Юкако Сэо все без утайки. Я решил, что с меня достаточно. На этом считаю нашу переписку законченной.

Прошу извинить за краткость.

Примите мое уважение,

Ясуаки Арима

2 апреля

Господин Ясуаки Арима!

Наступил унылый сезон июньских дождей. Как Вы изволите поживать? Прошло всего два месяца после того, как я получила Ваше послание, в котором Вы запретили писать Вам. Но я, ослушавшись Вас, снова взялась за перо. Я пишу это письмо в душевном смятении. На сей раз, скорее всего, дело кончится тем, что Вы скомкаете и выбросите конверт, не вскрывая. Наверное, Вы возмутитесь моей назойливостью. Честно признаться, я и сама не пойму, отчего меня тянет писать и писать Вам. Чего я добиваюсь своими письмами?.. Но что-то словно толкает меня, заставляя раскрывать перед Вами сокровенные тайники моей души. Как будто что-то странное, необъяснимое овладевает мною... Возможно, послав Вам письмо, я вернулась к тому душевному состоянию, в котором пребывала десять лет назад после развода с Вами. Вы, наверное, посмеетесь над моей глупостью. Что ж, как Вам будет угодно. Понимая, что я не только докучаю Вам своей навязчивостью, но и что Вы даже не станете читать мое послание, я, тем не менее, все равно решилась написать это письмо. Ведь Вы единственный человек, который молча, безропотно принимал когда-то все мои глупые выходки и капризы. В какой-то книге написано, что самые недостойные черты в женщине — это постоянные жалобы и глупая ревность. Но если такова природная сущность женщины, то, верно, я, повинуясь инстинкту, стремлюсь выплеснуть на бумагу эти мои недостатки. После того злополучного происшествия мною овладели уныние и тоска. Порой мне даже казалось, что я стала совершенно иным человеком. Но мне еще многое хочется высказать Вам! Ну и пусть, что это уже ничего не изменит. Даже лучше, если Вы уподобитесь бесчувственной деревяшке, пустому месту — и не ответите на оскорбление...

Отец начал изводить меня разговорами о повторном замужестве где-то через год после нашего развода. Тогда я вела почти затворническую жизнь в Короэн. Даже покупки в соседнем супермаркете я свалила на нашу Икуко, а сама днями просиживала у окна нашей спальни на втором этаже, где теперь осталась одна. Я перелистывала длиннющие иностранные детективы, но так и бросала их, не дочитав до конца, или слушала оставленные Вами пластинки, а иногда, просто уткнувшись в подушку, вслушивалась в тиканье часов. Так пролетало время.

Вдоль дороги, ведущей от станции электричек линии Хансин к нашему дому, течет мелкая речка. Вы, верно, помните, что на ее берегу стоял книжный магазинчик «Тамагава». Так вот, месяца через два после нашего развода он закрылся, и на его месте выстроили кафе под названием «Моцарт». Кафе держала одна пожилая супружеская пара, лет под шестьдесят. Икуко от кого-то услышала, что хозяева ставят для посетителей исключительно музыку Моцарта, и все приставала ко мне с советами зайти при случае, на прогулке, в кафе и выпить чашечку кофе.

Сезон дождей закончился, день выдался яркий, солнечный. По пути мне встретились две-три знакомые женщины. Они явно хотели заговорить со мной, но я пресекла это поползновение и молча прошла по залитой солнцем дороге, просто кивнув им. Мне ужасно хотелось увидеться с Вами. Помню, от жары у меня на лбу и на спине выступила испарина, и даже слегка закружилась голова. В голове крутилась только одна мысль: хочу встретиться с Вами. Хочу встретиться с Вами... Подумаешь, общественное мнение! Подумаешь, разбившийся вдребезги кувшин! Ах, если бы я была тогда более зрелым человеком... Я должна была найти в себе силы простить Вас. Ведь в жизни такое часто бывает — когда женатый мужчина влюбляется в другую женщину. Но я совершила непоправимую ошибку. Как же мне хотелось, чтобы Вы вернулись! Я брела по дороге и думала об этом. В глубине души я даже испытывала легкую ненависть к отцу, который сделал все, чтобы мы расстались. В то же время я испытывала такую ненависть к уже ушедшей из жизни женщине по имени Юкако Сэо, что во мне закипала кровь. А ведь я даже никогда не видела ее.

Кафе «Моцарт» напоминало летний домик. Такие нередко можно увидеть в курортных зонах. Сложенное из нетесаных коричневых бревен, строение и снаружи и внутри было стилизовано под горную хижину. Необработанное дерево смотрелось чрезвычайно эффектно. В специально не прикрытых балках кровли, срубленных из толстых бревен, в деревянных столах и стульях якобы ручной работы была видна стильная текстура дерева, со всеми ее разводами и узлами, словом, все говорило о том, сколько денег и усилий потребовалось от владельцев на постройку этого маленького кафе.

Как и рассказывала Икуко, в кафе звучала музыка Моцарта. Звук был немного громковат... Исполнялась симфония «Юпитер». Правда, я знала только название произведения.

Хозяин принес на мой столик стакан с водой. «Говорят, Вы ставите только музыку Моцарта?» — спросила я его. Хозяин — в очках с сильными линзами в черной оправе — рассмеялся и ответил вопросом на вопрос: «А Вы любите музыку?» «Люблю, — сказала я, — вот только плохо разбираюсь в классике». «Если Вы в течение года будете приходить к нам, то выучите произведения Моцарта. А если будете разбираться в Моцарте, то будете хорошо понимать всю классическую музыку», — с гордостью ответил хозяин. Он прижал к груди серебристый

82

поднос и поднял красноватое лицо к потолку. Это заявление показалось мне несколько странным, и я хихикнула.

«Сейчас, например, звучит 41-я симфония», — пояснил он. «"Юпитер"?» — уточнила я. «Вы знаете произведение? — поразился хозяин. — Да, это "Юпитер". 41-я симфония — последняя симфония Моцарта. Первая и вторая части написаны в сонатной форме. А в четвертой части Моцарт вводит фугу, и финал получается очень мощным. Это шедевр! — Какое-то время он вслушивался в мелодию, а потом сказал: — Вот сейчас начнется финал!» Я заказала кофе, и хозяин удалился. А я стала внимать великолепной музыке Моцарта, при этом рассматривая интерьер кафе. На стене висела в рамке репродукция портрета композитора, сбоку от нее на полочке стояли книги о жизни и творчестве. В кафе, кроме меня, посетителей не было, и когда музыка смолкла, наступила какая-то всепоглощающая тишина. Пожалуй, даже странная, загадочная тишина. И тут меня вновь охватило страстное желание встретиться с Вами. Но сразу же зазвучала новая мелодия. Ко мне подошел хозяин и тоном учителя, добросовестно и терпеливо объясняющего урок младшеклассникам, пояснил: «Это Симфония № 39. Послушайте только, что за чудо — эти шестнадцатые!.. А в следующий раз я поставлю вам "Дон-Жуана"! Потом Симфонию соль-минор. Думаю, постепенно Вы постигнете чудо гения Моцарта».

Кофе оказался отменным, хозяин — сама любезность, так что через несколько дней я снова отправилась в «Моцарт». В тот день посетителей было много, и хозяин, хотя и видел, что я одиноко сижу за столиком у окна, хлопотал за стойкой бара — варил кофе, выжимал сок, поспешно менял пластинку, когда она кончалась. Словом, был очень занят. Когда я заходила сюда в первый раз, хозяйка так и не появилась, но теперь она сновала между столами, разнося клиентам заказы, подливала воды в опустевшие стаканы, убирала грязную посуду. Зазвучала не знакомая мне мелодия. И тут мой взгляд вдруг упал на какого-то молодого мужчину, внимавшего музыке с вдохновенной торжественностью. Голова его была опущена, глаза прикрыты. Обняв ладонями чашку, я поднесла ее ко рту, продолжая рассеянно наблюдать за юношей. Он внимал тихим звукам симфонии с таким выражением на лице, будто возносил молитву какому-то великану, или исповедовался некому грозному человеку.

До того момента я не испытывала особого интереса к классической музыке и не считала, что достаточно подготовлена, чтобы постичь, как выразился хозяин, чудо гения Моцарта. Однако, увидев этого юношу и «причастившись» к звучавшей в кафе тихой мелодии, я вдруг отчетливо вспомнила одно слово — СМЕРТЬ. Сама не знаю, отчего мой мозг словно пронзило именно это слово. Я вовсе не думала о том, что сейчас, сию же минуту могу умереть, и не испытывала никакого страха. Но иероглиф «смерть» никак не шел у меня из ума. Прихлебывая кофе, я постаралась не думать о засевшем в моей голове слове «смерть», и впервые стала внимательно и серьезно вслушиваться в звуки музыки Моцарта. Наверное, я отродясь не слушала музыку столь серьезно. И тут до меня вдруг дошла бесподобная красота этой чарующей музыки. Я ощутила непостижимую таинственность мелодии, насквозь пронизанной ощущением эфемерности, бренности этого мира. Как удалось написать такую непостижимо прекрасную музыку еще совсем молодому, тридцатилетнему человеку двести лет тому назад? Как удалось без слов столь ярко передать сплетение двух столь противоречивых чувств — радости и грусти? Вся во власти подобных мыслей, я смотрела на зеленые листья деревьев сакуры, росших вдоль дороги за окном кафе. Музыка Моцарта накатывала на меня волнами, а я почему-то представляла себе облик умершей Юкако Сэо, которая, конечно же, была гораздо красивей меня.

Зазвучала новая мелодия. Молодой человек поблагодарил хозяина, уплатил по счету и вышел из кафе. И тотчас же схлынули все посетители — как волна во время отлива. Я осталась одна. Хозяин, наконец, вышел из-за стойки и представил мне супругу. Хозяйка оказалось совсем не старой женщиной — лет пятьдесят пять — пятьдесят шесть. Великолепные седые волосы были закручены красивым узлом. Как и муж, она носила очки с сильными линзами. Супруги дружно присели за мой столик и сначала о чем-то переговаривались между собой. Потом хозяйка спросила меня: «Госпожа, видимо, живет где-то неподалеку?» Я ответила, что до нашего дома минут десять ходьбы, если идти в сторону моря. Хозяйка, от усердия округлив глаза, припомнила несколько фамилий. Среди них были мои соседи, но не было нашей семьи. Я сказала, что наша фамилия — Хосидзима. И что наш дом стоит прямо перед теннисным клубом. «Знаю-знаю! — обрадовалась хозяйка. — В Вашем дворе еще растет большое дерево мимозы!» Добавив, что она еще никогда не видела столь прекрасной мимозы, хозяйка попросила на будущий год, когда дерево расцветет, дать ей несколько веточек. (Если Вы все же решите прочесть письмо, то, верно, подумаете — ну какой же скучный кусок! Но Вы уже запретили писать Вам письма, я же опять взялась за свое и пишу Вам против Вашей воли, так что намерена писать о том, что мне хочется, и так, как мне хочется!)

Заказав еще одну чашечку кофе, я сказала хозяину: «Кажется, сегодня мне удалось отчасти понять чудо гения Моцарта, о котором Вы говорили мне в прошлый раз». Хозяин взглянул на меня с некоторым изумлением. Смешинка исчезла из его глаз, ее сменил живейший интерес. Он уставился на меня с каким-то детским любопытством. Смотрел так долго, что я даже смутилась и пробормотала: «Видите ли, я осталась одна... Два месяца назад все

86

было иначе». Вероятно, хозяин решил, что у меня умер муж, потому что спросил с участием: «Из-за болезни или несчастный случай?» «Нет, мы развелись», — честно призналась я. Я ожидала, что сейчас на меня посыплются вопросы: что да почему (по живым круглым глазам хозяйки можно было предположить, что она относится к довольно распространенной категории любопытствующих людей), но супруги пробормотали какую-то чисто формальную фразу и тут же сменили тему. Они принялись рассказывать о том, как появилось кафе «Моцарт». Так я узнала, что они живут вдвоем, что в 41-м хозяина призвали в армию, а возвратился он из китайской провинции Шаньси, где воевал, зимой 45-го, когда закончилась война. Поскольку он родился в 1921-м, то выходило, что в конце войны ему было двадцать четыре — двадцать пять. Я как раз вот-вот должна была появиться на свет. Через три года после войны какой-то знакомый пристроил его на работу в банк, где он и прослужил почти двадцать семь лет — до осени 1975-го. Последние года два он возглавлял местное отделение банка в городке Тоёнака, под Осакой, и вышел в отставку с этой должности. Потом он проработал какое-то время внештатным сотрудником в кредитном товариществе, связанном с тем же банком, но ушел оттуда уже через год. Там пришлось заниматься неоплаченными векселями и сбором денег по счетам, но такая работа была ему не по душе. Идея открыть кафе после ухода на пенсию возникла уже давно, лет десять назад. И название кафе — «Моцарт», и интерьер — все это было придумано и обговорено давным-давно. Но тут все три дочери одна за другой повыходили замуж, поэтому пришлось потратить часть денег, отложенных на кафе, а, кроме того, там, где супруги намеревались открыть заведение, не оказалось свободного земельного участка, не нашлось и помещения на продажу, в итоге мечта сбылась на три года позже. «Я впервые услышал музыку Моцарта в шестнадцать лет», — рассказал хозяин. После этого он буквально помешался на Моцарте и все свои карманные деньги тратил на пластинки с музыкой этого композитора. Даже во время войны в Китае, где ему довелось сражаться, музыка Моцарта постоянно звучала в его ушах. Он поступил работать в банк с мечтой открыть кафе «Моцарт», где бы звучала только музыка Моцарта, и прожить счастливую старость. Ради этого он двадцать семь лет исполнял нудные обязанности банковского клерка. Его грела одна только мысль — о весьма солидном пособии по выходе на пенсию, которое позволит ему открыть кафе «Моцарт». Прослышав, что около станции Короэн продается книжный магазинчик, супруги примчались сюда. «Мы сразу поняли, что это именно то, что нам нужно! И место прекрасное, и добираться сюда удобно. Решено, строим кафе именно здесь! Мы были так счастливы, что ничто не могло нас остановить», — поведал хозяин и снова посмотрел на

88

меня долгим взглядом... А хозяйка добавила: «У него в голове один Моцарт! Ни сакэ не пил, ни в азартные игры не играл, рыбалкой не увлекался, даже в го* и сёги** играть не умеет. Бывало, придет с работы, и давай гладить да протирать свои пластинки Моцарта. А их у него несколько сотен! И так мог весь день провести... Я сначала даже переживала — ну что это за муж?» И со смехом вдруг заключила: «А потом и сама помешалась на Моцарте!»

Мы беседовали уже довольно долго, как я вдруг вспомнила того юношу и спросила о нем. Хозяин рассказал, что молодой человек — тоже страстный поклонник музыки Моцарта, у него самого много пластинок, а в кафе он стал приходить затем, чтобы послушать записи, которых теперь уже не достать. Каждый день он просит поставить одно и то же произведение — и только после этого уходит домой.

Время близилось к ужину, я положила на столик деньги за две чашки кофе и встала. Хозяин тоже поднялся и с улыбкой спросил: мол, Вы обмолвились, что Вам удалось постичь чудо гения Моцарта, а не могли бы Вы пояснить, каким образом?

Вообще-то я слушала музыку Моцарта только два дня, и мне было трудно выразить свою мысль словами, к тому же, наверное, не следовало делиться своими поверхностными впечатлениями с чело-

---

* *Го* — японские шашки
** *Сёги* — японские шахматы.

веком, который обожал музыку Моцарта и слышал его произведения тысячи раз. Но хозяин смотрел на меня так серьезно и внимательно, что я невольно разговорилась. «Мне подумалось, что, возможно, жизнь и смерть тождественны в своей сути. И изящная, нежная музыка Моцарта очень точно выражает эту глубокую мысль», — ответила я. На самом деле я хотела сказать иное, — что Моцарт сумел передать, что печаль переплетается с радостью, существуя одновременно, что он сумел выразить без слов своей чудной музыкой то, что нельзя передать словами, причем в очень понятной, доходчивой форме — и что в этом-то и состоит, наверное, чудо гения Моцарта. Но под внимательным взглядом хозяина я почему-то произнесла совершенно другое. Возможно, в моем мозгу все еще сохранялось неожиданно посетившее меня слово «СМЕРТЬ». Это заставило мой язык произнести то, о чем я даже не думала.

Хозяин от растерянности пробормотал что-то невнятное и долго смотрел мне в глаза. Я торопливо зашагала домой под косыми лучами заходящего солнца. Я и сама не поняла того, что сказала. Тут в моей голове снова всплыл образ Юкако Сэо. Что это была за женщина? Почему после любовной встречи с Вами она решилась лишить себя жизни? Домой я пришла почему-то совершенно без сил.

До самой зимы, в течение нескольких месяцев я несколько раз в неделю ходила в кафе «Моцарт» пить кофе. Порой доезжала на электричке до Кобэ, до района Санномия, а иногда меня заносило в совершенно противоположном направлении, и я делала покупки в Умэде. Но при этом я продолжала вести отшельнический образ жизни и отвергала все предложения университетских подруг Тэруми и Айко сходить куда-нибудь развеяться, например в кино или на концерт. Отец и Икуко беспокоились о моем состоянии, но старались не давить на меня, так что я жила, как хотела. Но при этой, можно сказать, пустой и бесцельной жизни у меня появилась отдушина. Я помешалась на Моцарте. Я скупала пластинки с записями его произведений, следуя наставлениям хозяина кафе, и до поздней ночи крутила их у себя в спальне. Кроме того, я зачитывалась книгами о жизни Моцарта, которые накупила в большом книжном магазине в Осаке. Я очень сблизилась с хозяевами кафе, и всякий раз, когда я заходила в «Моцарт», хозяин подавал мне кофе в моей персональной кофейной чашечке. Это был их подарок. Они оказались очень тактичными, чуткими людьми. В те дни, когда мне не хотелось вступать в разговоры, они оставляли меня в покое, если же мне хотелось не столько послушать музыку, сколько поговорить, один из супругов непременно подходил к моему столику, чтобы составить компанию. В общем, они улавливали малейшие перемены в моем настроении. При этом они ни разу не коснулись темы моего развода.

Ну вот, опять вышло длинное письмо. Сплошные воспоминания о давно прошедшем и ничего действительно важного. Но у меня уже устала рука, а потому напишу о том, что на самом деле хотела сказать, в следующем письме. Вас, верно, так и подмывает сказать: «Ну хватит, сколько можно надоедать!» А я все равно снова пошлю Вам письмо. Даже если Вы порвете и выбросите его, не читая.

Но сегодня на этом я заканчиваю свое послание. Газеты пишут, что в нынешнем году сезон дождей может продлиться больше обычного. Льет уже пятый день. В такую погоду Киётака чувствует себя хуже, он становится каким-то несобранным, невнимательным, и может даже обмочиться, не дойдя до туалета, хотя последнее время такого почти не бывает. Это случается только тогда, когда дождь затягивается на несколько дней... Все-таки люди живут сообразно с природными ритмами. Странно... Впрочем, мой сын из-за этого мучится так, что на него невыносимо смотреть. Он совершенно подавлен и вот уже несколько дней ни с кем не разговаривает. Из-за этого я возненавидела эти дождливые дни, хотя прежде их очень любила.

Берегите себя!

С почтением,

Аки Кацунума

10 июня

Господин Ясуаки Арима!

В нынешнем году летние дожди на редкость обильны, все льет и льет, как из ведра.

Озеро Бива сильно влияет на водный баланс в районе Кинки. Обычно летом оно мелеет, но в этом году из-за ливней уровень воды в нем заметно поднялся, и я даже в сердцах сказала домработнице Икуко, что, слава Богу, этим летом нам не придется экономить воды. На что Икуко возразила, что избыток дождевой воды не задерживается в озере, а стекает в море по нескольким рекам, берущим начало в озере Бива, так что даже в очень дождливый год в разгар летней жары озеро все равно обмелеет. Дожди вот-вот должны прекратиться, но дом так отсырел, что кажется, будто все в нем покрылось плесенью — стены, татами, коридор — даже дверные ручки. Но оставим эту тему. Я продолжаю свое предыдущее письмо...

...Я уже полгода регулярно захаживала в кафе «Моцарт», как вдруг случилась беда. Это произошло уже после Нового года, 6-го февраля. Да, точно помню, именно 6-го февраля. В четвертом часу утра меня разбудил громкий безостановочный вой сирен, раздававшийся где-то совсем рядом. Очнувшись от сна, я тотчас же поняла, что это сирены пожарных машин. Причем не одной и не двух, а гораздо больше. Машины все подъезжали и подъезжали — с разных сторон, но устремляясь в одно и то же место. Все они собирались где-то неподалеку от нашего дома. Накинув халат, я вскочила и отдернула занавеску. Оглядев из окна еще окутанный ночным сумраком город, я увидела пламя, вздымавшееся над крышами домов. Алое зарево все разбухало, из его чрева сыпались снопы ярких огненных искр. Сдерживая охватившую меня тревогу, я какое-то время стояла у окна, наблюдая пожар. И тут до меня вдруг дошло, что, похоже, горит кафе «Моцарт». Да, языки пламени поднимались именно там, где должно быть кафе, во всяком случае совсем близко. Хозяева «Моцарта» жили в многоквартирном доме за станцией, так что с ними ничего страшного случиться не должно, даже если горит кафе. Тем не менее я быстро оделась и спустилась вниз. «Где-то горит», — сообщила мне Икуко. Прямо в ночной рубашке она вышла в коридор и, приоткрыв входную дверь, равнодушно взглянула на залитое красным отсветом ночное небо. «Не "Моцарт" ли?..» — прошептала я и, как была, прямо в сандалиях ринулась на улицу. Следом за мной бросилась Икуко с теплым пальто в руках. «Прошу Вас, недолго! Негоже бродить по улицам в такой час!» — остановила она меня. На улице и впрямь было холодно, и я, надев подбитое мехом пальто, устремилась туда, где поднимались языки пламени. Миновав жилой квартал, я выбежала к реке и через мосток попала на другой берег. Тут я убедилась, что горит действительно «Моцарт». Несмотря на глухой ночной час, место пожара окружали толпы зевак, а у реки стояло семь или восемь пожарных машин. Я подошла к кафе в самый разгар пожара, когда огонь бушевал с особо неистовой силой. Огонь уже целиком объял деревянное строение кафе, так что спасти его было уже невозможно. Толстые струи воды, вырывавшиеся из пожарных шлангов, перекрещиваясь, обрушивались на крышу, били внутрь горящего здания, которое будто всасывало в себя воду. И тут я увидела хозяина кафе. Он стоял в пижаме, вцепившись обеими руками в канат, которым пожарники оградили горящее здание от зевак, и, не отрывая глаз, смотрел, как сгорает его кафе. Раздвигая толпу, я умудрилась протиснуться поближе и, встав плечом к плечу с хозяином, тоже ухватилась за канат. Еще бушевавшее пламя ударило в меня жаром, я ощутила всем телом его нестерпимо горячее прикосновение, но продолжала стоять рядом с хозяином кафе, не отпуская канат. Мы слушали, как с треском лопаются в огне бревна, смотрели на сыплющиеся лавиной искры, окутывавшие гибнущее строение «Моцарта». Заметив меня, хозяин слегка повернул ко мне голову и прошептал, не отрывая глаз от огня: «Хорошо горит... Там же все деревянное...» Я поискала глазами его супругу, но ее нигде не было видно. Я спросила, все ли с ней в порядке. Мне вдруг стало страшно от мысли, что она могла оказаться в кафе, когда начался пожар, и голос у меня невольно задрожал. Но хозяин успокоил меня: «Жена недавно пошла домой. Наверное, не могла смотреть на все это. Правда, она вроде сказала, что вернется, только наденет что-нибудь потеплее, чтобы не простудиться». «Но Вы ведь отстроите кафе заново?» — с тревогой спросила я. Хозяин кивнул. «Да, у нас была страховка на случай пожара, но... Две тысячи триста пластинок уже не вернуть... Они обратились в пепел», — добавил он. Лицо его исказила странная гримаса — то ли он хотел улыбнуться, то ли старался не разрыдаться, и по-прежнему не отрывал глаз от догоравшего кафе. Хотя Икуко заклинала меня вернуться домой поскорее, я решила остаться с хозяином до конца — пока окончательно не погаснет пламя. Так мы и стояли, плечо к плечу, глядя на «Моцарт».

«Не думала, что такое случится...» — прошептала я. Хозяин улыбнулся уголками рта. «Когда мне сказали, что горит мое кафе, я ужасно запаниковал, растерялся. Меня всего затрясло. Однако, увидев, что здесь творится, я понял, что уже ничто не поможет, что это — конец. И знаете, как ни странно, я успокоился. Меня охватило какое-то холодное безразличие. Никто ведь не пострадал, в кафе людей не было...» В самом деле, в его голосе и в выражении лица сквозило то самое «холодное равнодушие», о котором он говорил.

Но тут с жутким грохотом рухнула прогоревшая кровля, взметнув волну огненных искр, и толпа зевак отпрянула в испуге. Хозяин «Моцарта», схватив меня за руку, попытался оттащить назад. Но я не отступила. Искры посыпались на меня, и я всем телом ощутила жар огня. Почему я совершила такой опасный поступок? Пламя то выбивалось из сил, то вспыхивало снова, с ревом и гулом вздымаясь в ночное небо и обдавая жаром. Я стояла, продолжая смотреть, как оно постепенно укрощается, утихает... В эти минуты я думала о Вас. И мне казалось, что стоит мне только пошевелиться, как Ваш образ, возникший в моей душе, растает, исчезнет, а потому я упиралась, не желая двинуться с места, боялась пошевелиться — словно оцепенела. Обстоятельства вынудили нас развестись, и мы расстались, но в тот момент, когда я глядела на языки неистовствовавшего огня, во мне вдруг окрепла уверенность, что и Вы испытываете такое же горькое сожаление, какое испытывала я. Что, может статься, и Вы вспоминаете обо мне, когда бредете среди толпы... Что Вы все еще любите меня... Искры взвились как раз в тот момент, когда передо мной возникло Ваше лицо и сердце мое пронзила острая боль утраты. Но взметнувшаяся с гулом волна огненных искр словно отринула меня, погруженную в мечты, взметнулась — и тотчас угасла. Мне показалось, что кто-то больно ударил меня по щеке, но я продолжала смотреть на оставшиеся от «Моцарта» обугленные головешки, над которыми вместо пламени уже начинал подниматься густой столб дыма... И тут хозяин кафе тихонько сказал, обращаясь ко мне: «Возможно, действительно бытие и небытие тождественны в своей сути... И музыка Моцарта как раз раскрывает этот странный, загадочный фокус Вселенной. Вы ведь так говорили, Хосидзима-сан?» Это было так неожиданно, что я в изумлении уставилась на него. Он снова погрузился в раздумье, а потом проговорил: «Я стремился понять Моцарта глубже и лучше, чем кто бы то ни был. Думаю, что мало кто слушал Моцарта чаще, чем я. И я был так уверен, что знаю Моцарта. Но мне и в голову не приходило искать в музыке Моцарта то, о чем сказали вы, Хосидзима-сан! После того разговора я много думал о смысле Ваших слов, но теперь, наконец, мне стало понятно, что Вы имели в виду. Да, все именно так, как Вы и сказали. Моцарт своей музыкой пытается выразить, что происходит с человеком, когда он уходит из этого мира». От этой тирады мой собеседник пришел в неописуемое волнение, лицо у него напряглось, а глаза, обычно излучавшие мягкий свет, засверкали каким-то жестоким блеском. Похоже, он превратно истолковал мою случайно брошенную фразу, к тому же исказил ее. Я же ничего такого не говорила про «фокус Вселенной»! Вероятно, хозяин кафе столь усердно и долго размышлял над тем, что я тогда наговорила ему, что приписал мне слова, которые я вовсе не произносила!

«Но я ничего не говорила про "фокус Вселенной"!» — попыталась возразить я. Хозяин с удивлением воззрился на меня. «Нет, Вы говорили! Я точно помню, что говорили. Вы сказали: "загодочный фокус Вселенной", Хосидзима-сан!» — настойчиво повторил он. Тут я решила, что хозяин «Моцарта» просто что-то напутал от нервного потрясения, так что препираться с ним вряд ли стоит, и продолжала молча слушать его рассуждения. Огонь почти погас, и на закопченных бревнах то там, то сям красными крапинками вспыхивали тлеющие огоньки. Их поливали из шлангов пожарные в серебристых робах. Тут хозяин «Моцарта» неожиданно громко сказал: «Хотя, впрочем, я действительно ошибся. Ну конечно, ошибся! Вы не говорили про "фокус Вселенной"! Это я сам домыслил... А Вы, Хосидзима-сан...» Тут он уставился на меня, явно пытаясь припомнить что-то. Стекла его очков были заляпаны сажей, но он даже не замечал этого и не пытался их протереть. Наконец, он изрек: «Я вспомнил! Вы говорили о странном фокусе жизни. Да-да, точно!»

Но и этого я не говорила! Склонив голову набок, я изучающе посмотрела на хозяина «Моцарта». Он вдруг рассмеялся — я рассмеялась тоже. Тогда он обернулся назад и попросил у кого-то из столпившихся зевак сигарету. Примелькавшееся лицо. Я частенько видела этого человека в «Моцарте». Он с готовностью вытащил из нагрудного кармана сигарету и даже поднес хозяину «Моцарта» огонек. Потом с беспокойством спросил, было ли кафе застраховано на случай пожара.

Хозяин повторил то же самое, что сказал мне, — в том числе, что утраченные две тысячи триста пластинок уже не вернуть. На это человек из толпы возразил, что пластинки — это, мол, чепуха, пластинки продаются в магазинах грамзаписей, и что коллекцию можно снова собрать. В ответ хозяин раздраженно буркнул себе под нос, что там было много таких пластинок, которых теперь уже не достать, — и, поднырнув под канат заграждения, стал о чем-то разговаривать с пожарными. Я с трудом протиснулась через толпу и быстро зашагала домой по безлюдным улицам. Зрелище рушащегося в огне «Моцарта» выбило меня из душевного равновесия. Да, вот оно, началось, думала я, глядя себе под ноги. Дурные предчувствия, охватившие меня, когда я рыдала на диване в кабинете отца, начинают сбываться! Помните, что я писала Вам в первом письме? О предчувствии, что после нашего развода начнется полоса несчастий? Из-за трагедии, которую и представить себе невозможно, Вы оставили меня. И вот, не прошло и года, как сгорает мое любимое кафе «Моцарт»! И две тысячи триста пластинок с записями музыки гения обращаются в пепел! Какая же утрата ждет меня в следующий раз?

Придя домой, я поднялась к себе в спальню, скинула пальто и присела на краешек кровати. Взглянув на часы, я увидела, что часовая стрелка уже переползла через цифру «четыре». Сна не было ни в одном глазу, и я, достав свою самую любимую пластинку с музыкой Моцарта, все слушала и слушала ее, убавив звук до предела. Это была 39-я симфония, купленная в большом магазине грамзаписей в Умэде, по совету хозяина «Моцарта». Он тогда еще сказал, что это же настоящее чудо, особенно хороши шестнадцатые доли...

Бытие и небытие тождественны в своей сути... Почему музыка Моцарта навела меня на такую дикую мысль? Мне вдруг вспомнились слова хозяина, произнесенные им на пепелище погибшего «Моцарта». Слова, которые я не произносила. Слова, которые он выдумал сам, размышляя над моей абсурдной репликой: странный фокус Вселенной. Странный, загадочный механизм жизни... Я тогда была чересчур молода, и в подобных фразах не видела ни смысла, ни очарования. Однако, слушая, как звуки 39-й симфонии Моцарта, расходясь, словно рябь на воде, плещутся маленькими волнами буквально во всех уголках моей притихшей спальни, я вдруг подумала, что в этой музыке и впрямь сокрыт некий непостижимый, невероятный фокус, позволяющий разом постичь все несчетное множество тайн, которыми изобилует жизнь. Интересно, что видели глаза хозяина «Моцарта», когда он смотрел на свое догорающее кафе? Вот какие мысли бродили в моей голове...

Я забралась в постель и, свернувшись калачиком, закрыла глаза. Тут из моей души исчезли огненные языки, треск лопающихся бревен, лицо хозяина кафе — и осталась только летняя прохладная сень деревьев университетского кампуса, где мы впервые встретились с Вами, остался тусклый отсвет задних фонарей машин на улице Мидосудзи, где мы не раз бродили, взявшись за руки, остался жидкий блеск моря в Кобэ, плещущего за окном электрички, в которую я прыгнула просто так, не зная, куда деваться от избытка счастья, переполнявшего мое сердце в тот день, когда мой отец дал согласие на нашу женитьбу... И все это сливалось, переплеталось с 39-й симфонией Моцарта. Я оказалась во власти каких-то неясных, не выразимых словами видений и мыслей. В какой-то момент мне вдруг показалось, что я могу ухватить, постичь тайный смысл, заключенный в словах хозяина «Моцарта» про «таинственный фокус Вселенной», «таинственный фокус жизни», — но лишь на какой-то короткий миг... И тут в моем сердце нарисовался образ Юкако Сэо, женщины, прекрасней меня и лицом, и телом... Безмолвный образ. Она стояла, будто живая. Но ведь она умерла, ее уже нет на этом свете!

Наутро я завтракала поздно. Наблюдая за мной, отец сказал, что если я уж так сблизилась с хозяевами «Моцарта», то надо бы навестить их, выразить соболезнование по поводу случившегося. В подобных случаях самое лучшее, что можно придумать, чтобы помочь пострадавшим, — это преподнести деньги, подхватила Икуко. Предположив, что несколько дней хозяева «Моцарта» будут заняты расчисткой пепелища, я решила нанести визит лишь на четвертый день. Взяв деньги, я отправилась к ним домой. Супруги ужасно обрадовались моему приходу, проводили меня в гостиную и долго благодарили за то, что я пришла на пожар в такую холодную ночь. Хозяин никак не соглашался взять деньги, но я положила конверт на стол, присовокупив, что не могу отнести их обратно домой, поскольку выполняю строгий наказ отца. В тот момент, когда хозяин, смущаясь, все-таки принял деньги, появился еще один посетитель. Он, похоже, тоже принес деньги в знак соболезнования, и стоял в прихожей. Было слышно, как он уговаривает ее принять подарок, а она упорно отказывается. Но тут хозяин, сказав, что пора бы нам познакомиться и что сейчас как раз подходящий момент, позвал гостя в гостиную. Это оказался высокий мужчина лет тридцати двух — тридцати трех, с очень четкими, выразительными чертами лица. «Мой племянник, сын покойного старшего брата», — сказал хозяин. Мы поклонились и представились друг другу. Мужчину звали Соитиро Кацунума. Теперь он является моим мужем. Однако о том, как случилось, что мы стали мужем и женой, я напишу немного позже.

Покинув дом хозяев «Моцарта», я решила убить время и зашла в книжный магазин перед станцией, где долго листала разные женские журналы, слонялась у полок с книжками, разглядывала обложки. Тут мне захотелось выпить вкусного кофе. Но кафе

«Моцарт» сгорело всего несколько дней назад, а заходить куда-то еще у меня не было настроения. Кажется, это была суббота... Да-да! Помню, что из дверей остановившейся электрички выпорхнула стайка старшеклассниц, и, поскольку они возвращались домой рано, значит, то наверняка был субботний день. В то время я вела совершенно бессмысленную, какую-то бессвязную жизнь, даже не зная, какой нынче день и какое число. Я рассеянно рассматривала матроски, в которые были одеты девочки. Фирма отца по субботам тоже работает до обеда, в тот день особых планов у него не было, так что мне подумалось, что отец вернется домой до наступления вечера. Я хорошо знаю отца, а потому у меня возникло предчувствие, что сегодня он непременно затеет со мной разговор в своей обманчиво мягкой манере. В таких случаях только жесткое выражение глаз выдает его непреклонную волю.

Временами мои предчувствия сбываются самым удивительным образом. Вернувшись домой, я увидела, что отец лежит на диване и смотрит телевизор. Заметив меня, он сказал, что у него ко мне разговор, и велел присесть рядом. Иногда я сама удивляюсь своей интуиции и даже горжусь ею, но вот скажите, как это случилось, что при такой интуиции я целый год не замечала Вашей неверности? Вы оказались на удивление изворотливым человеком, поистине яркой артистической натурой. Ваш талант изумляет меня. Жаль, что я распознала его столь поздно!..

Продолжая лежать на диване и смотреть в телевизор, отец предложил мне подумать о том, как я буду жить дальше. «Есть вещи, которые трудно забыть, но все-таки их необходимо забыть, — сказал он. — Я придумаю способ, чтобы ты забыла о прошлом». Я попыталась ему возразить, дескать, я и так уже все забыла, но отец даже не дал мне договорить. Он предложил мне съездить за границу, немного проветриться. «Нужно порвать все нити, что связывают тебя с прошлым, — продолжал он. — Куда бы тебе поехать?.. В Париж, Вену, или Грецию?.. Можно и куда-нибудь подальше — в Северную Европу. Попутешествуешь в одиночку — и станешь, как чистый лист бумаги. Поезжай!» Обводя взглядом узоры на персидском ковре, я пробормотала, что мне будет тоскливо путешествовать в одиночестве по незнакомым странам, на что отец сказал, что ему невыносимо смотреть на мои страдания. Я подняла на него глаза и увидела, что у него даже выступили слезы. Я впервые в жизни видела его слезы. Он сказал, что никогда не думал, что его дочь попадет в столь плачевное положение. И во всем повинен именно он, мой отец. Не захоти он сделать Ариму своим преемником, вся эта история осталась бы нашим внутрисемейным делом, и со временем мы смогли бы, наверное, помириться. Ведь такое часто случается в жизни. «Ты бы остыла, успокоилась, и все вернулось бы на круги своя, — продолжал он. — Но как президент "Хосидзима кэнсэцу" я был обязан убрать Ариму из компании. Тогда я мыслил слишком прямолинейно. Я посчитал, что уход Аримы из компании непременно должен повлечь его уход из семьи. Однако недавно я понял, что в этом не было необходимости. Да, он не мог оставаться моим преемником, но это вовсе не означало, что вы должны развестись. Я обязан был действовать гибче. Наверное, нужно было найти парню другую работу. Какое-то время вы бы жили отдельно, пока твоя рана не затянулась, а потом вернулись к супружеским отношениям. Я должен был позаботиться об этом. Так поступил бы мудрый человек. Я все сделал не так. Я, конечно, не говорил о разводе открыто, но высказал Ариме все, что думал о нем как его тесть, и просто вынудил парня принять решение о разводе. Но я лукавил. Внешне все выглядело так, будто я защищаю родную дочь. На самом же деле я пекся только об интересах "Хосидзима кэнсэцу". Я исподволь подталкивал Ариму к мысли, что вам необходимо расстаться. Хотя я прекрасно знал, что ты не хочешь с ним расходиться — даже после того, что случилось. Ты ведь не желала этого. Я твой отец, и я прекрасно понимал тебя!»

Во время этого монолога у меня полились слезы. Я слушала отца и рыдала. Однако он резко оборвал себя и долго молчал. Я сидела на диване в залитой зимним солнцем комнате. Наступившую тишину нарушали лишь мои нескончаемые всхлипы.

«Но ведь лошадь сломала ногу, а кувшин разбился вдребезги! Разве это было не так? Папа! Это ведь твои слова, папа! Помнишь, что ты говорил мне в кафе — еще до развода с Аримой?! Значит, лошадь сломала ногу и кувшин разбился уже потом, когда мы расстались и я поставила свое имя на уведомлении о разводе?» — прорыдала я. Но тут отец вдруг вскочил. «Арима был хорошим парнем! Я искренне привязался к нему...» — проронил он и удалился к себе. Лицо у него было просто ужасное, все перекошенное.

Тут в комнату вошла Икуко, она принесла нам чай. Увидев, что я сижу в одиночестве и давлюсь рыданиями, словно малый ребенок, она постояла, видно хотела что-то сказать, но не нашла подходящих слов. Просто молча поставила чайник и чашки на стол и вернулась на кухню. Рассеянно глядя на струйку пара, поднимавшуюся от носика чайника, я обдумывала последнюю фразу отца: «Арима был хорошим парнем! Я искренне привязался к нему...» Всю свою жизнь отец знал только одно — работа, работа и еще раз работа. Интересы дела превыше интересов семьи. Отец рассудочный человек, он никого не пускал к себе в душу. И вдруг такое признание! В его словах ощущалась настоящая, неподдельная любовь. Да, мой бывший супруг был хорошим человеком. А отец искренне желает мне счастья. Эти две обжигающе горячие мысли просочились в мое сознание и завладели всем моим существом. И тут из меня словно ушли, испарились и опостылевшая тоска по Вам, и острая неприязнь к отцу. В голове осталась лишь девственно-белая пустота...

107

Не знаю, как долго я пробыла в каком-то полуза-бытьи. Когда я опомнилась, зимнее солнце уже опускалось за горизонт, замшелый каменный фонарь во дворе казался почти черным, его длинная тень уже дотянулась до окна отцовской комнаты. Я привела в порядок лицо и прошла на кухню к Икуко, которая сообщила, что у нее нынче большая радость — ее сына, который в этом году закончит школу высшей ступени, приняли на работу. Он мечтал стать поваром — и вот, желание его исполнилось. Мальчика взяли в знаменитый французский ресторан в городе Асия.

Ресторан называется «Мэзон де Руа», помните, мы с Вами были там раза два-три. Икуко овдовела, когда мальчику было три года. Потом она целых пять лет трудилась в деревне в Тамбе, работая на семью покойного мужа, и жила со свекровью и свекром, но выписалась из посемейного списка и переехала в Кобэ, в район Хигасинада, на иждивение старшей сестры. Когда умерла моя мама, нам потребовалась заботливая и сердечная женщина — помогать по хозяйству. Вот один наш знакомый и «сосватал» нам Икуко. Она оставила сына сестре, а сама переехала к нам. С тех пор так и живет у нас в доме, как член семьи. Икуко никогда не жаловалась вслух, что не видит сына. Но мы с отцом понимали, как ей тяжело, и время от времени сами заводили разговор на эту тему. Мы оба считали, что Икуко лучше снять квартиру поблизости с Короэн и взять сына к себе, а у нас остаться приходящей помощницей. Впрочем, зачем я пишу об этом? Вы и сами все это знаете. Икуко эта идея пришлась по душе, и она уже подыскивала жилье, когда случилось несчастье с Вами. К Икуко все это не имело ровным счетом никакого отношения, но она приняла нашу беду как свое личное горе. Очень жалела меня и заботилась обо мне, словно родная мать. Тут же прекратила поиски жилья и заявила, что хочет остаться в нашей семье и вести хозяйство, как прежде. «Поговорим о моем переезде, когда госпожа Аки оправится, — заявила она. — А пока мне лучше остаться у вас и помогать по хозяйству. Вот когда сын встанет на ноги и начнет зарабатывать, так и я уйду на покой. Может, тогда и заживем вместе, подумаем. Мальчишки — они ведь не такие нежные, как девочки...» Говорит, как жили порознь, ну и еще поживем! — И, понизив голос, добавила: «Да и хозяин наш такой трудный! Уж Аки-сан достанется... Дозвольте, я буду ухаживать за ним!»

С того дня речи о том, что она будет у нас приходящей работницей, больше не заходило. Икуко так хорошо изучила привычки отца, словно живет с ним уже не один десяток лет. Она молчаливо сносит его раздражительность и своенравие, совершенно не обижаясь. И отца она тоже не раздражает. Я просто восхищаюсь ее терпением и благодарна ей за все. Когда отец уезжает в Токио надолго, он частенько берет Икуко с собой — настолько он ей доверяет.

Услышав, что сын Икуко будет стажироваться в знаменитом французском ресторане, я сказала, что там он сможет стать классным поваром, и потом без труда устроится в любой ресторан с французской кухней. Икуко ответила, что для этого еще надо немало потрудиться, но было видно, что радость так и брызжет из нее. Готовя ужин и раскладывая еду по тарелкам, она просто летала по кухне. Даже нож стучал у нее не так, как обычно, — с какой-то музыкальной ритмичностью. Когда я сказала, что это прекрасно, что сына взяли в такое место, Икуко пояснила: «Спасибо хозяину. Он написал рекомендательное письмо, и сын пошел с ним на собеседование. Так что все решилось в одну минуту. Стоило только подать рекомендацию!» Что-то мурлыча себе под нос, Икуко продолжала колдовать над ужином, а я отправилась в комнату отца. Он сидел за низеньким столиком и что-то писал. Я поблагодарила его за помощь сыну Икуко, на что отец сердито буркнул: «Ты-то почему меня благодаришь?» «Папа!» — окликнула я его — и тут у меня опять хлынули слезы. «Ты нарочно пришла ко мне, чтобы поплакать? — спросил отец. Дописав какое-то письмо, он запечатал его в конверт и добавил: — В самом деле, может все-таки съездишь за границу? Перемена места — лучшее лекарство от хандры!» Тут он впервые за все это время улыбнулся. Я сказала: спасибо, не надо, я и так забыла о том, что случилось. Отец отвернулся к столу и, глядя в сторону, процедил: «Неужели?» Больше он не добавил ни слова. Я подошла к нему сзади, обняла его шею руками и потерлась щекой о спину. «Я и в самом деле забыла о нем. Правда, папа!» — прошептала я. Но тотчас же Ваше лицо возникло перед моими глазами. Поглаживая мою руку, отец сказал: «Человек — престранное существо. Он меняется, порой меняется ежечасно, ежеминутно!» Потом прошептал, словно говорил сам с собой: «Ты славная девочка, Аки. Ты непременно будешь счастливой!» С того дня прошло почти десять лет, но я почему-то до сих пор отчетливо помню мужественный голос отца и стылый воздух его нетопленой тихой комнаты, обставленной в японском стиле. Это ощущение неизменно живет в моей памяти — самое яркое среди груды воспоминаний, скопившихся после разлуки с Вами...

За границу я так и не поехала. Мало того, я даже перестала бывать в шумных и многолюдных Кобэ и Умэде. Так проходили день за днем. «Моцарт» отстроили заново. Кафе открылось, когда уже отцветала сакура и на деревьях начинали распускаться зеленые листики. Хотя строение было застраховано от пожара, цены на древесину взлетели процентов на сорок, и, говорят, хозяин влез в большие долги. Новый «Моцарт» строили по прежнему проекту, но из-за дороговизны материалы теперь были другие, так что кафе в чем-то все же отличалось от прежнего. Тем не менее когда я, толкнув дверь, вошла внутрь, меня встретила та же музыка Моцарта. Это была 40-я симфония, которая мне более по душе, чем № 41 — «Юпитер». Я поздравила хозяев с открытием и села на свое обычное место у окошка, выходящего на дорогу. «Ваша чашка тоже куда-то запропастилась во время пожара, может сгорела или разбилась, — и я присмотрел Вам новую. Я набрел на нее в фарфоровой лавочке района Каварамати, в Киото. Хорошая вещь, вот и купил», — сказал хозяин, ставя передо мной новую кофейную чашечку. Чашка была светло-дымчатая, без рисунка, слегка шероховатая на ощупь. При этом стенки ее были такими тонкими, что казалось, просвечивали насквозь. Наверное, дорогая, подумала я, и попросила разрешения заплатить. Но хозяин сказал, что это подарок, и наотрез отказался назвать цену, как я его ни пытала. День был воскресный. По аллее, среди покрывшихся зеленой листвой деревцев сакуры, гуляли люди, в кафе почти все столики были заняты. Наконец-то я вновь пила вкусный кофе, слушая музыку Моцарта... И вдруг через стекло я увидала отца, приближавшегося к кафе прогулочным шагом. Он был в шерстяном джемпере, на ногах сандалии. Отец шел не торопясь, явно наслаждаясь солнечными лучами. Я приоткрыла дверь и окликнула его. Отец зашел в кафе. Сев за мой столик, он осведомился, вкусный ли подают здесь кофе. И тут же добавил, что самый вкусный в Японии кофе варят в кофейне, что находится неподалеку от его фирмы в квартале Ёдоябаси. Так, по крайней мере, считает он. Услышав нашу беседу, к нам тотчас же подскочил хозяин и объявил, что по вкусу кофе в «Моцарте» стоит на втором месте в Японии. Узнав, что пришел мой отец, к нам тут же выбежала хозяйка. Супруги принялись дружно благодарить отца за деньги и выразили надежду, что и он станет их постоянным клиентом. У них были улыбчивые, просветленные лица, и чувствовалось, что к ним вернулось былое жизнелюбие.

Мне было известно, что в те дни, когда у отца не назначено деловых свиданий или приемов, он сразу же после работы едет домой, никуда не заезжая по пути. Так было практически всегда. Поэтому я даже вообразить не могла, что он теперь будет регулярно заглядывать после работы в «Моцарт». Попьет кофе — и только потом вернется домой. После первого посещения «Моцарта» он стал частенько являться домой пешком. Икуко как-то спросила его, почему он не на машине, на что отец сказал, что отпустил ее на шоссе, а сам решил прогуляться. Дальнейших подробностей не последовало. В такие дни он, как правило, ужинал позже нас. Мне это все показалось весьма подозрительным, и я пристала к нему с вопросами. Отец смущенно засмеялся и объяснил, что ему понравилось пить кофе из «моей» чашечки. Когда же я заметила, что не могу представить себе, как он слушает Моцарта, отец с серьезно-задумчивой миной ответил: «А мы с хозяином обсуждаем твое сватовство». Я с изумлением уставилась на него и решительно объявила, что не испытываю желания вступать в новый брак. Если сразу не настоять на своем, то потом трудненько заставить отца, привыкшего добиваться намеченного, отступиться от цели. К тому же это явно была не шутка, отец вообще редко шутил. В общих чертах его рассказ свелся к следующему.

«Мне сказали, что некий мужчина питает к тебе нежные чувства, — сообщил он. — На днях хозяин "Моцарта" обиняками выспрашивал у меня, что ты да как. Этот мужчина доводится ему племянником. Он преподает в университете, специализируется по истории Востока. Ему уже тридцать три, но он холост. Через два года он станет доцентом, это вроде бы решено. Формально вы виделись только однажды — в доме хозяина "Моцарта". После этого он не раз наблюдал за тобой, сидя за стойкой в кафе, когда ты заходила выпить кофе. Сам он никогда не был женат, но его не волнует, что ты уже побывала замужем. В свое время он думал лишь об учебе и так и не встретил женщину, с которой захотел бы связать свою жизнь. А вот ты понравилась ему с первого взгляда. Во всяком случае, так говорит хозяин кафе. Когда он впервые поднял эту тему, я отнесся к его идее без особого энтузиазма. Но хозяин "Моцарта" так упрашивал меня, что я все-таки согласился встретиться с этим парнем — при условии, что меня представят ему не как твоего отца, а как завсегдатая кафе. Никакого серьезного разговора не было.

114

Так, поговорили о погоде, о том, сколько получает преподаватель университета, что это за наука такая — история Востока, ну и так далее. Теперь я не собираюсь делать своим преемником собственного зятя. Пришлось отказаться от этой идеи после твоего развода с Аримой. Заменить его другим человеком я не могу. Думаю, что со временем, когда я выйду в отставку, дела "Хосидзима кэнсэцу" примет какой-нибудь подходящий для компании человек. Я уже смирился с этим. Единственное, что меня волнует, так это твоя судьба. Я хочу одного — чтобы ты была счастлива. Подумай об этом хорошенько. Тебе ведь только двадцать шесть, вся жизнь впереди. Если попадется действительно хороший человек, нужно выходить за него замуж и создавать новую семью. Это будет самое правильное решение. Если этот мужчина тебе не понравится, ничего страшного не случится. Ты ведь легко можешь отказать. Я считаю, что нужно устроить встречу. Чтобы ты могла хотя бы поговорить с ним... Как полагаешь?»

Короче, отец в своей обычной категоричной манере предложил мне смотрины. Слушая его, я вроде даже припомнила, что и впрямь встречалась с тем человеком, но ни лица, ни впечатлений о встрече в моей памяти не сохранилось. Он читает лекции в университете?.. Да, мне тогда еще показалось, что он похож на ученого. Кажется, у него четкие черты лица. Но что бы ни говорил мне отец, у меня решительно не было желания идти на смотрины. В моем сердце по-прежнему жили Вы, Вы стояли у меня на пути, хотя я понимала, что Вы никогда не вернетесь.

Куря сигарету за сигаретой, отец продолжал: «Сегодня я снова зашел в "Моцарт" и имел беседу с хозяином. Я рассказал ему все без утайки о причинах развода, и попросил передать наш разговор его племяннику. В сущности, меня не интересовало мнение хозяина на этот счет, но он явно загрустил и задумался, а потом сказал, что вряд ли что-то получится из вашего сватовства. Мол, тебе нужно немало времени, чтобы прийти в себя после развода. Ему, видите ли, показалось, что ты очень страдаешь как женщина. Потому что женщина, к тому же такая юная, не могла бы мгновенно постигнуть таинство музыки Моцарта, а ты проявила такое блестящее понимание, что превзошла его самого. Он поклонился мне и попросил считать, что разговора о сватовстве между нами не было. Я поинтересовался причиной, но он молчал. Это задело меня за живое, и теперь уже я стал настаивать на смотринах. Вот такая нелепая ситуация! Я сказал, что в разводе повинна не ты, а твой муж, это он изменил, а потом случилась трагедия, после которой Вы просто вынуждены были расстаться. И что я не считаю это помехой для ваших смотрин. Я даже слегка разозлился на реакцию хозяина "Моцарта". Вспылив, я сказал, что отнюдь не стремлюсь выдавать свою дочь за какого-то полунищего преподавателя, и вообще неизвестно, что это за птица, нужно еще разобраться. Тогда хозяин принес мне свои извинения за бестактность, но сказал, что у него создалось впечатление, что, несмотря ни на что, тебе не хотелось развода с мужем. Мне показалось, что в меня всадили острый нож! А хозяин твердил свое, что, мол, смотрел на тебя, как ты в задумчивости пила кофе, и все не мог отделаться от этого ощущения. И опять повторил, что тебе потребуется еще очень и очень много времени. Я подумал — а может, он прав? И тут же у меня возникла другая мысль: как раз поэтому тебе необходимо скорее найти хорошего человека и начать новую жизнь! Я сказал об этом хозяину. Тот задумался и видимо тоже что-то решил, поскольку спросил, говорил ли я с тобой на подобную тему. Я ответил, что нет, пока не говорил, а он предложил сообщить мне об этом тебе сегодня же вечером. Мол, чем черт не шутит, что-то и выйдет. Вдруг его племянник так понравится моей дочери, что они станут любящей парой. Тут уже призадумался я. Больше всего я не люблю неказистых, убогих мужчин. Потом — пьяниц. Соитиро Кацунуму я видел всего один раз, но он не походил ни на убогого, ни на пьющего. Просто человек, явно увлеченный наукой, возможно, немного нервозный, но с чистой душой. Ну вот, я все тебе объяснил. Как просил меня хозяин кафе», — закончил отец свой рассказ.

Мне никогда не удавалось одержать верх над отцом. Не удалось и на этот раз. Когда он завершил свой монолог, я попросила дать мне время подумать и поднялась к себе на второй этаж. За окном лежал скованный зимней стужей притихший город. Казалось, он весь залит голубоватой краской. Я взглянула на луну — и поняла, что скоро наступит полнолуние. Луна еще была слегка ущербной и выглядела какой-то кривой. Я подумала, что минул уже год, как мы расстались. А такое чувство, что прошло несколько лет. Я ощущала всем телом, всем сердцем такую страшную, необоримую усталость, которую не могут исцелить ни отдых, ни вдохновенный труд, ни самый безудержный разгул. Я попыталась представить, что чувствуете Вы. Прошел всего год, так что вряд ли Вы совершенно забыли меня. Да, незнакомая женщина украла у меня мужа, но тогда во мне еще было достаточно самонадеянности. В тот вечер я думала очень долго, и в результате пришла к такому, возможно, необоснованному решению: даже если Вы не забыли меня, Вы, верно, смирились с тем, что случилось. А значит, и мне надлежит смириться. Я должна была взять себя в руки еще год назад, но мне это не удалось. Я несколько раз повторила себе: ты должна смириться и успокоиться! Я вспомнила слова отца, что человек склонен меняться. Человек — престранное существо, иногда он меняется ежечасно, ежесекундно... Интересно, какие перемены произойдут теперь со мной? И тут вдруг к сердцу подступила такая тревога, что меня затрясло. Мною опять овладело предчувствие, что надвигается что-то ужасное. И для Вас, и для меня...

Спустя две недели, в воскресный день, мы впятером ужинали в том самом французском ресторане в городе Асия — я, отец, хозяева «Моцарта» и их племянник. Мы с отцом и Кацунума почти все время молчали, тогда как хозяева «Моцарта» усердно искали темы для разговора. После ужина отец и супруги поехали домой. А мы с Кацунумой прогулялись до станции Асиягава линии Ханкю, а потом заглянули в попавшееся по пути кафе. «Дядя рассказал мне об обстоятельствах Вашего развода», — проговорил Кацунума — и умолк, явно не зная, что сказать дальше. Подходящих слов он так и не нашел, с легким раздражением наморщил лоб и принялся теребить пальцами прядь волос. Тогда решила высказаться я.

«Пока я не готова вступить в повторный брак. Я еще не решила, что мне делать. Я бы хотела выждать какое-то время, не предпринимая действий!» — заявила я. Кацунума тотчас же согласился со мной: «Ну, тогда и я подожду!» — и посмотрел мне прямо в лицо. Я еще подумала тогда, что неприязни он, конечно, не вызывает, но и особой симпатии тоже. Такой уж он человек. В тот вечер мы оба несли какой-то вздор, и ушли из кафе в десятом часу. Кацунума на такси проводил меня до дома. Я до сих пор пребываю в недоумении, по какой причине я приняла решение выйти замуж за Соитиро Кацунуму. Когда я разводилась, я вовсе не хотела расставаться с Вами. У меня было такое чувство, что меня насильно усадили в лодку и оттолкнули ее от

119

берега. Вот и с Кацунумой вышла та же история. Я вовсе не желала плыть в этой лодке, но в мгновение ока меня усадили в нее. Наверное, можно объяснить это так... Конечно, тут сыграли определенную роль и невероятно теплое отношение ко мне хозяев «Моцарта», и страстное желание отца видеть меня счастливой, а главное — решительная необходимость забыть о Вас.

В сентябре того же года я вышла замуж за Соитиро Кацунуму. Мой отец хотел, чтобы он переехал жить к нам на правах зятя, но мой новый муж был единственным сыном в семье, к тому же отец его скончался, когда Соитиро еще учился в университете, и Кацунума жил вдвоем с матерью, так что пришлось моему отцу отказаться от своей затеи. Более того, это мне пришлось перебраться в дом Кацунумы, поскольку он не мог оставить мать одну. Все вышло не так, как хотел мой отец, и, тем не менее, он продолжал вести дело к свадьбе. При этом он старался держать свое мнение при себе и не сказал ни слова против. Старый двухэтажный домик с маленьким садиком, принадлежавший семье Кацунума, находился в квартале Юминокитё, в Микагэ. Поскольку для меня это был второй брак, я бы обошлась без особых церемоний и трат, но Кацунума женился впервые, так что отец дал мне денег и велел сделать все, как положено, — с банкетом и свадебным путешествием. Он настаивал, чтобы мы непременно поехали за границу. Я беспрекословно подчинялась воле отца, словно бездушная кукла. Помните, каким коротким и скромным было наше с Вами свадебное путешествие? Все свелось к поездке в Тохоку. Если бы мы захотели прокатиться за границу, отец безропотно дал бы на это денег. Но мы с Вами предпочли зимнее путешествие в Тохоку. Мне-то хотелось Париж, или Голландию, Рим, а может, даже проехаться по Европе, но Вы упорствовали в желании поехать в заснеженный край Тохоку. Пока мы добирались от озера Тадзава до местечка Товада, разыгралась настоящая снежная буря. Помните? Из-за этого мы даже поменяли планы и заночевали на горячих источниках Нюто. Вечером мы пили подогретое местное сакэ и вслушивались в шуршание падающих снежинок, а снег все валил и валил... В ту ночь я полюбила вас всем сердцем. И до свадьбы я много раз бывала в ваших объятиях, но той ночью, в номере крохотной гостиницы, я по-настоящему познала Вас как мужчину. Право, ну о чем я опять пишу! Невольно написала такое, что самой стало стыдно. Поэтому вернусь к прежней теме.

По совету отца мы с Кацунумой проехались по нескольким европейским странам и вернулись в Японию. Я зажила вместе со свекровью, которой исполнилось шестьдесят семь. Но не прошло и месяца, как она неожиданно умерла. Вернувшись из соседнего супермаркета, я увидела ее, безвольно распростертую на полу в кухне. Я сразу же вызвала скорую помощь и отвезла ее в больницу, но очень скоро свекровь скончалась, не приходя в сознание. С ней случился обширный инфаркт, и спасти ее было уже невозможно. Прошло 49 дней после смерти свекрови, и мой отец настоял на том, чтобы Соитиро Кацунума перебрался в наш дом в Короэн. Поначалу Кацунума сопротивлялся, но в итоге сдался под натиском отца. Так что я, пожив только два месяца самостоятельной жизнью, снова вернулась к отцу. Сейчас уже начало четвертого, пора идти встречать Киётаку. Я пишу это письмо уже несколько дней, но, хотя оно вышло неимоверно длинным, я опять не успела сказать и половины того, что хотела сказать. Так что я буду и дальше писать Вам письма, что доставляют Вам лишь беспокойство. Буду писать, если даже Вы выбросите мои послания в мусорную корзину, не вскрывая конвертов...

Школьный автобус должен подъехать к станции в половине четвертого. Так что нужно поторопиться. Это письмо заканчиваю. Начну писать следующее. Извините, что конец послания вышел таким скомканным.

Берегите здоровье.

С уважением,

Аки Кацунума

16 июля

Госпожа Аки Кацунума!

Два Ваших длинных письма я не скомкал и не выбросил в мусорную корзину. Я их внимательно прочитал. Но, если честно признаться, получив на сей раз толстенный конверт спустя два месяца после того, как я запретил Вам писать мне, я не бросился сразу вскрывать его. Несколько дней он провалялся у меня на столе. Не стану читать — и ответ посылать не придется, думал я. Но в итоге все же не устоял: от Вашего письма исходил какой-то безмолвный призыв. Да, все-таки мне ужасно хотелось прочесть его. И я вскрыл конверт. Читая, я ощутил, сколь сильно Вы переменились за прошедшие десять лет. Я не могу выразить словами, в чем именно заключаются перемены. Но Вы безусловно переменились! Вы — мать инвалида, и вот уже восемь лет ведете непрерывную борьбу (мне показалось, что слово «борьба» наиболее точно выражает суть вашего существования) за своего ребенка, и стали за эти годы более сильной, значительной и глубокой личностью, чем были прежде. Может быть, это звучит банально, но, растя сына, Вы, верно, много раз

123

сталкивались с такими трудностями и страданиями, которые просто неведомы другим людям, но, стиснув зубы, преодолевали их и шли дальше. И я вдруг подумал: а если бы мы не развелись и у нас родился такой ребенок?.. И мне вдруг всерьез захотелось искупить свою вину перед Вами за ту историю десятилетней давности и те несчастья, что обрушились на Вас впоследствии. Я думал об этом, напиваясь за стойкой захудалой пивнушки на окраине города, думал в переполненной электричке, бессмысленно пялясь на какой-то рекламный плакат... И меня охватывало властное, неодолимое желание покаяться, исповедоваться перед Вами.

Но я взялся за перо не для того, чтобы плакаться как женщина. Дело в том, что в Ваших посланиях постоянно присутствует некое слово, которое вынуждает меня написать Вам хоть что-то. Когда Вы слушали музыку Моцарта, в вашем мозгу отчего-то возникло слово «Смерть», пишете Вы. Вы еще сказали хозяину кафе, что жизнь и смерть, возможно, тождественны в своей сути. Прочитав Ваше письмо, я потом несколько раз возвращался к тем самым строчкам. И мне безудержно захотелось поведать Вам о неких странных событиях, что произошли со мной в моей жизни. Похоже, и у меня письмо выйдет длинным, но я хочу поведать о том, что я видел, — не размышляя и не рассуждая о том, что все это означает... Начну, пожалуй, с того дня, когда мы с Вами столь неожиданно встретились в Дзао...

Почему я в тот день отправился в Дзао? Если вкратце, то это вышло совершенно случайно. Мы с одним другом на пару открыли дело, но торговля как-то не заладилась. Векселя, которые я выписал в совершенно отчаянном положении, попали в руки мошеннику. Векселя были фиктивные, я выписал их от безысходности, рассчитывая как можно скорее изъять и вернуть их. Но, повторяю, они попали в лапы мерзавцу, который промышляет такими делишками, и он просто взял меня за горло, и вот я должен был к определенному сроку собрать очень крупную сумму. Я отправился в Токио, надеясь на помощь друзей и клиентов. В Токио я прокрутился неделю, но нужную сумму так и не набрал. Наверное, у меня сдали нервы. У станции Иидабаси я, ненароком обернувшись, увидел за спиной молодого, хорошо одетого мужчину. На его физиономии было прямо-таки написано, что он шпионит за мной. Фирма у нас маленькая — я да мой партнер, и, возможно, эти скоты решили, что я просто решил сбежать, замести следы, — и послали этого типа. Нырнув в толпу, я бросился на платформу и вскочил в подошедшую электричку. Но тот парень тоже выскочил на платформу и, разжав уже закрывшиеся двери, втиснулся в мой вагон. Теперь мне кажется, что я тогда запаниковал напрасно. Может, парень просто стоял у меня за спиной и смотрел на меня без всякого умысла. А потом так же случайно влетел в тот же вагон электрички. Тем не менее мне хотелось сбежать от него. Мне казалось, что он все посматривает в мою сторону. Следит за мной! Я вышел на станции Отяномидзу. Парень тоже сошел. Тогда я задумал перехитрить его и оторваться от слежки — пересесть в другой поезд и выйти на Токийском вокзале. Как только поезд затормозил на Токийском вокзале, я выскочил из вагона и кубарем скатился по лестнице. Перебежал на другую платформу, даже не соображая, куда я бегу, добежал до конца платформы и попытался как-то замаскироваться. Парня не было видно. Подошла электричка, и я вскочил в нее, даже не представляя, куда она следует. Вскоре поезд прибыл на вокзал Уэно. Тут я решил, что, пожалуй, мне лучше скрыться на время. Лечь на дно — на несколько дней. Подойдя к кассам, я опасливо огляделся, но того типа не было видно. Сам не знаю, почему я купил билет именно до Ямагаты. Когда я полез в кошелек, заплатить за билет, у меня вырвалось как-то само собой: «Один до Ямагаты, пожалуйста!» У турникетов висело расписание поездов. Увидев, что поезд «Цубаса» № 5 на Ямагату отправляется уже через пять минут, я ринулся на платформу, встал у дверей вагона и еще раз осмотрелся, очень внимательно. Тот тип так и не появился.

Поезд тронулся, и к вечеру, через несколько часов я оказался в Ямагате. Через турникет я прошел самым последним — и только тогда спокойно вздохнул. В кошельке у меня оставалось всего 60 тысяч иен. Совсем немного, если учесть, что мне еще возвращаться в Осаку. Решив поискать гостиницу подешевле, я прошел через торговый квартал перед вокзалом и направился на стоянку автобусов, отправлявшихся в Дзао. Поскольку зимой Дзао становится популярным горнолыжным курортом, там должны быть небольшие зимние бунгало гостиничного типа для лыжников. Сейчас еще не сезон, так что свободные места есть наверняка. Тут я и укроюсь на пару-тройку деньков, позвоню приятелю в Осаку и решу, как жить дальше, подумал я.

Признаюсь, после развода с Вами я попросту выживал. Чем только не занимался, чтобы заработать на жизнь. Если рассказывать обо всем, то убьешь уйму времени. Знаете, есть такое выражение — «катиться вниз». Так вот, все эти десять лет я медленно, но верно катился вниз. А, в сущности, все началось с того момента, когда я спустя год после нашей свадьбы зашел в универмаг в Каварамати, чтобы купить дыню, но меня вдруг охватила ностальгическая тоска по Юкако, и я поднялся на шестой этаж в отдел постельных принадлежностей... За эти годы лет я сменил десяток мест работы, чем только не пробовал торговать. И женщин менял, что называется, как перчатки. Одна три года содержала меня на свои деньги. Вот и сейчас я живу с очередной подругой. Я — нахлебник, халявщик. А она очень славная, добрая и заботится обо мне, но я не питаю к ней никаких чувств. Если изложить

127

историю моей жизни за эти десять лет в нескольких словах, то получится, как в борьбе сумо: попытаешься опрокинуть противника на спину приемчиком «ёритаоси» — тебя же бросят за круг приемом «уттяри», на захват сверху «уватэнагэ» тут же получишь захват из-под руки «ситатэнагэ», не успеешь зацепить ногу противника снаружи, применив «сотогакэ», как тебе изнутри зацепят ногу захватом «утинагэ»... В общем, как ни старайся, только хуже выходит. Словно водит тебя какой-то злой дух... Можно сказать, я докатился до самого дна, когда мы встретились в Дзао.

Добравшись до Дзао, я решил подняться вверх по отлогому склону, бредя по улице городка, стоящего на источниках. В воздухе стоял густой запах серы. По обеим сторонам дороги понастроена уйма гостиниц, но для моего кошелька все они были чересчур дороги. По пути мне попалась табачная лавочка, и я спросил, нет ли на вершине горы чего-нибудь типа недорогой зимней хижины, где можно заночевать. Мне сказали, что такая гостиница есть рядом с Докконумой, и я направился по дороге к станции канатной дороги. У Сада георгинов я сел в гондолу подъемника, а потом пешком направился в сторону Докконумы. Там действительно оказалась подходящая гостиница, по крайней мере, с виду это было именно то, что мне нужно. Я зашел туда и осведомился, во сколько мне обойдется трехдневное проживание. Цена оказалась приемлемой, даже немного ниже, чем я предполагал, и я с облегчением уселся на грязном диванчике. Кроме меня, постояльцев не было, поскольку сезон еще не начался, так что на полноценное обслуживание рассчитывать не придется, сказали мне, и питаться придется тем, что есть под рукой. Я ответил, что все это меня устраивает, и поднялся в комнату на безлюдный второй этаж, где зимой все просто забито молодежью. На первом этаже располагалась столовая и магазинчик. А на втором — спальные номера, так что гостиница была не так уж мала, чтобы именоваться «хижиной». В зимнее время попасть внутрь можно только со второго этажа, пояснил молодой парень, хозяин хижины, поскольку зимой высота снежного покрова в здешних местах более четырех метров. Так что первый этаж просто погребен под сугробами. Если же у меня возникнет желание понежиться в серных источниках, то нужно спуститься на фуникулере вниз, в гостиничный городок — там есть дешевая муниципальная баня. Когда я покончил с ужином, было еще очень рано. Я спустился на фуникулере до городка и пошел вниз по улице. Баня располагалась как раз на середине склона. Попарившись в пахнущей серой горячей воде, я зашел в небольшое кафе, где выпил чашечку кофе, — а потом возвратился в свою «хижину» у Докконумы. Как Вы и написали в своем первом письме, в ту ночь на небе не было ни звезд, ни луны. Уже в восемь часов я забрался в постель и уснул, как мертвый. В самом деле, я давно превратился в настоящего мертвеца. Я утратил все человеческое.

Наутро после завтрака мне снова захотелось кофе, и я, сев в кабинку фуникулера, спустился в гостиничный городок. Я намеревался послоняться по округе до обеда, но тут вдруг вспомнил, что собирался позвонить приятелю в Осаку. Я хотел позвонить ему с общественного таксофона в кафе, но сообразил, что мой партнер сейчас тоже либо рыщет в поисках денег, либо скрывается от преследователей. А скрываться он может только в одном месте. У него есть жена и ребенок, но к тому же есть еще и подружка на стороне. Но моя записная книжка с ее телефоном осталась в саквояже, в номере гостиницы. Я поспешил обратно к Саду георгинов и вскочил в кабинку фуникулера, где уже сидели люди, поскольку страшно нервничал, хотя вполне можно было бы дождаться следующего свободного вагончика. Ведь кабинки подходят одна за другой. И там я совершенно неожиданно встретил Вас. Увидев Вас в дорогом элегантном костюме, я, может быть, обомлел даже больше, чем Вы. Я был небрит, ботинки в грязи, воротник спортивной рубашки затерся, лицо землистое... Любому человеку с первого взгляда ясно, что я попал в жуткую передрягу. Я совершенно растерялся. Мне хотелось скорее исчезнуть, скрыться от Ваших глаз. Выйдя из кабинки, я даже не оглянулся, хотя меня переполняли нежность и тоска, — и поспешил в свою гостиницу. Я сразу же поднялся на второй этаж и, притаившись у окна, стал тайком следить, как Вы и Ваш сын с костыликом медленно, шаг за шагом, движетесь по дорожке. Вы уже миновали лесок и, свернув по горной дороге направо, скрылись из виду, а я все стоял у окна и смотрел на поворот дороги, за которым исчезли Вы. Золотые лучи солнца, пробивавшиеся сквозь кроны деревьев, заливали светом дорогу. Они показались мне вдруг клинками невиданно унылого, дикого света, и пронзили насквозь мое поросшее коростой житейской грязи сердце. Я, забыв о звонке приятелю, ждал и ждал, опершись о подоконник, когда Вы вновь появитесь на повороте и пройдете перед лесочком. Когда через несколько часов я опять увидел Вашу фигуру в пробивавшихся сквозь листву золотистых лучах, в сердце моем словно забил обжигающий, горячий фонтан. Аки замужем за другим, стала матерью, похоже, она обеспечена и здорова. Вот о чем я думал в те минуты. Вы даже не заметили, что я наблюдаю за Вами со второго этажа своей убогой гостиницы, и все так же медленно, шаг за шагом, прошли к станции канатной дороги и скрылись на тропинке, стиснутой с обеих сторон стволами деревьев...

В ту ночь кроме меня ни одного постояльца в гостинице не было. Хозяин — парень примерно моего возраста — принес мне в номер керосиновую печку и попытался развлечь меня разными историями и прибаутками, но видя мою мрачную, без тени улыбки физиономию, оставил меня одного и спустился на первый этаж, на прощание наказав непременно погасить перед сном печку. Кажется, было девять часов. Возможно, Вы с сынишкой уже любовались звездами в Парке георгинов. Я выключил флуоресцентную лампу, оставив только крошечный ночник, и залез под одеяло. До меня доносился шум гнущихся под ветром деревьев, что росли вокруг болотца, с первого этажа долетали обрывки разговоров и смех хозяина гостиницы и его жены. Иногда раздавались какие-то гулкие удары о стекло, должно быть, это бились в окно насекомые, но не легкие, невесомые мотыльки, а какие-то тяжелые жуки. Я полежал с закрытыми глазами, вдыхая запах влажного воздуха комнаты и вслушиваясь в звуки, что, мешаясь друг с другом, неожиданно создавали впечатление абсолютной, даже какой-то жутковатой тишины. Запах комнаты был до боли родным и знакомым.

Вдруг из угла донесся какой-то странный звук. Я привстал на постели и вгляделся во тьму, попытался разглядеть, что там такое. В углу ярко светились два ультрамариновых шарика. Присмотревшись, я понял, что это кошка. Выгнув спину, она осторожно кралась куда-то. Постепенно мои глаза привыкли к полумраку, и я смог различить цвет шерсти кошки и ее размеры. Я даже разглядел, что на шее у нее красный матерчатый ошейник. Из этого можно было заключить, что кошка домашняя. Я схватил подушку и хотел было зашвырнуть ею в кошку, чтобы прогнать ее. Но тут я заметил в другом углу мышь. Она сидела как раз против кошки и даже не шевелилась. В детстве, когда мне было лет шесть-семь, я видел, как кошка сожрала мышь. Но это было только однажды. И теперь я решил не пропустить столь редкостное зрелище и принялся наблюдать, как будут разворачиваться события. Не обращая на меня ни малейшего внимания, кошка, навострив ушки, сделала маленький шаг по направлению к мыши — и снова замерла, удивительно сосредоточенно готовясь к следующему движению. Она постепенно придвигалась все ближе и ближе к своей жертве. Я обшарил глазами комнату, ища норку, куда могла бы юркнуть мышь. Дверь номера была плотно задвинута, стеклянное окно закрыто на ключ, даже штора опущена, так что похоже, пути к отступлению для мыши нет. Тут я поднял глаза к потолку и увидел там дырку, прямо над мышью. Мышь вполне могла бы спастись, взбежав вверх по стене. Еще не поздно. Ну же, давай, юркни в дырку! Но не успел я подумать об этом, как кошка прыгнула вперед.

Мышь не оказала никакого сопротивления, даже с места не двинулась, словно у нее были накрепко связаны лапы. Кошка запустила когти в мышиную спину — и только тут посмотрела на меня с явно торжествующим видом. А потом принялась играть со своей жертвой. Она подбросила мышь в воздух. Маленькое тельце перекувырнулось в полете и упало на пол. Тут мышь, наконец, попыталась сбежать. Но кошка легко поймала ее и снова подбросила в воздух. Так повторилось несколько раз. Кошка забавлялась мышью с совершенно невинным видом, подбрасывая и ловя ее мягкими лапками, словно мячик. Внешне все это напоминало не смертельную схватку убийцы и жертвы, а милую забаву, игру двух неразлучных друзей. Однако, взлетев в воздух пару десятков раз, мышь уже потеряла способность двигаться и замертво валялась на полу. Кошка несколько раз перекатила лапой ее тельце — то вправо, то влево, — и взглянула на меня с каким-то скучающим выражением морды. «Ну хватит, остановись», — пробормотал я, — но в это мгновенье кошка впилась зубами в бок распластавшейся мыши. Жизнь в мыши еще не угасла, но тельце ее вдруг как-то съежилось, зримо уменьшилось в размерах. Головка откинулась, по лапкам пробежала конвульсивная дрожь, — и больше мышь не шевелилась. Кошка слизнула с циновки капли мышиной крови, а потом принялась пожирать уже дохлую мышь. Она сожрала ее прямо с костями. Головку оставила на закуску. Я явственно услышал, как хрустит под кошачьими зубами мышиный череп. Кошка снова слизала остатки крови и принялась старательно умываться передними лапками, словно прихорашиваясь. Мышиный хвост остался лежать на циновке. Возможно, этой кошке не по вкусу мышиные хвосты? У меня вдруг возникло жгучее желание прибить кошку.

На меня прямо-таки ненависть накатила. Я осторожно встал, схватил пустую стеклянную вазу, стоявшую у двери, и стал подкрадываться к кошке. Та продолжала облизываться. Но заметила меня. Шерсть у нее на спине вздыбилась, кошка бросилась к двери. Видимо, она разгадала мои намерения. «Ну и куда же ты от меня денешься? — подумал я. — Выхода-то у тебя нет. А я тебя не отпущу!» Но в стене сбоку от двери зияла большая дыра. Ее прикрывала только доска, прислоненная снаружи. Через такую дыру могла пролезть не только кошка, но и большая собака. Я про дыру не знал, а вот кошке об этом было прекрасно известно. Она метнулась к лазу, без труда сдвинула доску — и была такова. Я сел на футон* и закурил.

Но тут же мой взгляд упал на валявшийся на циновке отгрызенный мышиный хвостик. Не помню, сколько я так просидел и сколько выкурил. Потом все же загасил очередную сигарету и растянулся на постели. И тут на меня вновь нахлынули сомнения и вопросы, мучившие меня все эти десять лет. Что же это был за человек — женщина по имени Юкако Сэо? Почему она перерезала себе горло? Может быть, я обращался с ней, как эта са-

---

* *Футон* — тюфяк, ватное одеяло, постель.

мая кошка с мышью? А может, это Юкако была кошкой в той ситуации? Чтобы Вы поняли, какие у меня есть основания для подобных мыслей, следует описать некоторые эпизоды из истории наших с Юкако отношений. Однако оставим это до следующего раза.

В ту ночь я так и не сомкнул глаз. Разные мысли одолевали меня. Вероятно, вид поедаемой заживо мыши сильно взбудоражил меня. О чем я только не передумал. Я вспомнил о Вас — как Вы прошли мимо меня в костюме виноградного цвета... О тех годах, что мы провели вместе — начиная с нашего знакомства и до развода, о покойной Юкако Сэо, об отроческих годах в Майдзуру, о неоплаченных векселях, о необходимости достать деньги... Пока я крутил в голове все эти мысли, меня вдруг осенило. А может, я видел вовсе не кошку, не мышь, а себя самого? Я и есть та самая кошка и та самая мышь! Да, я видел не просто кошку и мышь, я узрел собственную жизнь. А кошка и мышь — это всего лишь образы, что внезапно то исчезают, то столь же внезапно появляются вновь среди бесчисленных проявлений жизни моей души...

И мне вдруг пришла в голову мысль. В *тот* день я, воспарив в мир смерти, тоже видел собственную жизнь... Да, именно так!

Тот день, когда случился весь этот кошмар, десять лет назад... Попробую описать его во всех подробностях — так, каким я запомнил его.

Покончив с делами на фирме, я сел в ожидавшую меня машину и выехал в Киото. Некий киотосский частный университет планировал построить библиотеку и небольшой музей по случаю своего столетнего юбилея, и несколько строительных фирм предложили свои услуги. Для нашей фирмы это был не такой уж лакомый кусок, но фирма «Таникава» предложила такую смету, которая выходила за рамки здравого смысла, и было ясно, что она постарается перейти нам дорогу. И тогда Ваш отец приказал мне в своей лаконичной, и оттого особенно властной манере: «Добейся этого заказа!» Поскольку это дело поручили лично мне, я вышел через одного знакомого профессора на ректора того университета и ученого секретаря. И предложил им встретиться — просто посидеть в каком-нибудь уютном ресторанчике, без обсуждения деловых вопросов. Они изъявили согласие. Я решил пригласить их в ресторанчик «Фукумура» с японской кухней, расположенный в квартале Гион. Университетские гости порядком набрались уже в «Фукумуре» и, сославшись на преклонный возраст, отказались продолжить пирушку в другом месте, так что пришлось развезти их по домам на служебной машине. Для продолжения банкета я заранее сделал заказ в «Арле». Но теперь его приходилось аннулировать. Остановив машину, я вышел и позвонил по придорожному таксофону, объяснив ситуацию. Обычно в таких случаях я брал такси и ехал в квартал Арасияма, в гос-

137

тиницу «Киёнокэ», и там дожидался, когда Юкако, закончив работу, придет ко мне. Но на сей раз Юкако, взяв трубку, сказала, что сегодня ей что-то не хочется. Я спросил почему, но она промолчала. И тут до меня дошло. Я вспомнил, что последнее время в их заведение зачастил один тип, большой поклонник Юкако. Он был управляющим крупной клиники, крепкий мужчина. Ему около пятидесяти двух — пятидесяти трех. Вот уже месяца три он настойчиво предлагал открыть для нее ночной клуб, где Юкако будет хозяйкой. Услышав об этом от Юкако, я сказал, что если она готова всю свою жизнь посвятить такому делу, то тогда, может, и есть смысл принять этот дар. Я сказал то, что действительно думал. С одной стороны, я не рассчитывал на столь длительную связь с Юкако и решил, что надо поскорей подвести под всем этим черту. С другой стороны, я очень привязался к этой женщине и питал к ней сильные чувства. «Так ты сегодня будешь с тем человеком?» — поинтересовался я. Юкако ничего не ответила. И я почувствовал, что попал в точку. Что ж, Юкако имеет право на свободу. Я не должен мешать ей. Но ревность — поразительное чувство. И я с непривычной для меня злостью сказал ей, что буду ждать в гостинице «Киёнокэ» — и грохнул трубку на рычаг. После чего отпустил служебную машину и на такси поехал в Арасияму. У меня было такое чувство, что Юкако не придет, но я все ждал и ждал ее. В три часа ночи она вошла в номер, молча, не говоря не слова, проследовала в ванную и долго стояла под душем. «Киёнокэ» — довольно старая и ветхая гостиница в японском стиле, но для любовных свиданий там оборудованы специальные номера с ванной комнатой. Юкако вышла в банном халате и села рядом со мной. Я заглянул ей в лицо и обомлел. Это была Юкако из моего детства — та самая школьница из Майдзуру, что сидела передо мной в сумерках с распущенными, вымокшими в морской воде волосами! Я не мог оторвать от нее глаз.

Отпахнув полу халата, я просунул ладонь между бедер Юкако, и попытался пойти дальше, но она отстранилась, хотя продолжала сидеть рядом. Она всегда позволяла мне то, чего мне хотелось, но в ту ночь решительно воспротивилась моим ласкам. «Ты переспала с ним?» — спросил я. «Извини!» — коротко бросила она и посмотрела на меня каким-то жестким взглядом. «Ты завтра, конечно же, сбежишь домой, пока я буду спать?» — спросила она. Некоторое время мы молча смотрели друг на друга, потом Юкако опустила голову и прошептала: «Ты всегда уходишь! Всегда уходишь к себе домой! Ты никогда не приходишь ко мне...» «А тот человек — он не уходит от тебя? Не уходит к себе домой?» — спросил я. Юкако кивнула, по-прежнему не поднимая головы. Я был на удивление холоден и спокоен. Вот и все, конец, подумалось мне. Я встал и обнял Юкако. Она всегда казалась мне какой-то несчастливой. Была в ней некая трогательная красота, которая выделяла ее из прочих женщин. Вдруг мне подумалось, что именно это и приносило несчастья. «Если правильно будешь себя вести, выудишь из него хорошие деньги. Он же богач! Уж лучше с ним, чем с каким-нибудь пустозвоном! Откроешь свое дело, будешь зарабатывать...» — посоветовал я, и тут же откровенно признался ей в том, что любил ее с самой первой встречи в Майдзуру, хотя никогда ничего не мог для нее сделать.

«Это ты научила меня понимать, что такое любовь, — сказал я. — К сожалению, я не могу возвратить тебе этот долг. Так что будет лучше, если я исчезну из твоей жизни». В тот момент в моей душе боролись два чувства. Во мне бурлила жгучая ревность, и в то же время я чувствовал какую-то умиротворенность. Эгоистическое сознание собственной неуязвимости от того, что я могу вот так, без особых проблем распрощаться с любовницей, рождало в моей душе ощущение снисходительного превосходства, которое я не мог скрыть. Мы легли в постель и закрыли глаза. Сначала я все никак не мог заснуть, а потом провалился в сон. Я открыл глаза от ощущения жжения и тупой, тяжелой боли в правом боку. Юкако сидела рядом со мной, глядя на меня своими миндалевидными глазами. Ресницы ее судорожно подрагивали. В следующую секунду она набросилась на меня, и я почувствовал пронзительную боль в области шеи, — словно ко мне прикоснулись раскаленными щипцами. Я бессознательно толкнул Юкако и вскочил на ноги. По шее и груди текло что-то липкое, я увидел, как на одеяло капает кровь. На какой-то миг в глаза мне бросилось лицо Юкако, но тут все вокруг потемнело, и сознание покинуло меня. Как потом рассказали мне полицейские, ранив меня, Юкако затем перерезала горло себе. Семисантиметровый разрез тянулся от правого уха до подбородка. Похоже, она всадила в себя нож с немалой силой, потому что глубина раны у правого уха составляла три сантиметра, но по мере того, как она вела нож к подбородку, силы ее иссякали, и порез становился все более поверхностным. Во всяком случае, в самом конце, у подбородка это была всего лишь царапина глубиной в два миллиметра. Юкако рухнула на пол. Это-то, по словам инспектора, и спасло мне жизнь. Падая, Юкако правой рукой задела трубку внутреннего телефона, по которому в номер можно было вызвать дежурного, и потому на конторке включился беспрерывный звонок. Разумеется, хозяин гостиницы в тот час преспокойно спал у себя в комнате. А на конторке в ту ночь дежурил молоденький служащий. Однако именно в тот момент он отлучился в общественную душевую в дальнем конце гостиницы и не слышал звонка. Он возился с неисправным котлом около двадцати минут. Во всяком случае, полиция считала, что до его возвращения телефон звонил по меньшей мере минут десять-пятнадцать. Если бы он оставался в душевой хоть немного дольше, меня бы уже не было на этом свете. Прибежав к конторке, служащий схватил телефонную трубку. Но ему никто не ответил. Было ясно, что в номере плохо лежит трубка. Дежурному это показалось подозрительным, и он постучал в дверь номера. Никто не отозвался. Телефон на конторке продолжал надрываться. Тогда он отпер дверь служебным ключом и вошел в комнату. К тому моменту Юкако уже испустила дух. А я еще дышал, пульс прощупывался. Я ничего не помню — потому что в то время пребывал в странном забытьи. Правда, не знаю, когда я в него погрузился, — когда в гостинице поднялся переполох или уже в больнице...

Мне кажется, я впал в некий транс не сразу, а спустя какое-то время после того, как утратил ощущение реальности происходящего. Постепенно меня начал сковывать холод. Причем это был не какой-то поверхностный озноб. Холод пронизывал все мое существо, казалось, что от него с каким-то сухим стуком сотрясаются все мои кости, все тело. И в этой леденящей пустоте я возвращался в свое прошлое. Другими словами невозможно выразить мое тогдашнее состояние. В моей голове с неимоверной скоростью словно проматывалась назад кинопленка — поступки, которые я когда-то совершал, мысли и чувства, что я когда-то испытывал. Но при чудовищной скорости мелькавшие «кадры» были совершенно четкими и явственно различимыми.

И вот среди этого холода и мелькающих образов прожитой жизни раздались отчетливые слова: «Нет. Видно, это конец». Наконец скорость мелькания «кадров» замедлилась — и тут на меня навалилась жуткая, не передаваемая словами мука. Образы-кадры выхватили лишь часть того, что я совершил и о чем думал, и меня словно насильно погрузили в эту «субстанцию». «Субстанция» представляла собой совершенное мною Добро и Зло. Другие слова здесь не уместны. Впрочем, это не были абсолютные Добро и Зло, как мы их понимаем в морально-этическом плане. Это была житейская грязь и житейская чистота. К тому же в тот момент я увидел свое умирающее тело. Там, в операционной, присутствовал еще один «я», мой двойник, который наблюдал за тем, как я, корчась в смертельной муке, вынужден расплачиваться за совершенные мною в жизни добро и зло.

Возможно, кто-то скажет, что я видел сон. Но нет, то был вовсе не сон, потому что я действительно видел собственное тело на операционном столе, над которым колдовали врачи, причем видел с некоторого расстояния. Я помню, что тогда говорили хирурги. Очнувшись после операции, я специально уточнил, о чем шла речь во время операции. Когда я повторил их слова, врачи страшно удивились: «Неужели Вы нас слышали?» Нет, слышал и видел не «я», лежавший на операционном столе, — слышал и видел мой двойник, мое второе «я», которое следило за

143

тем, что происходило в операционной с некоторого отдаления, — это «я» видело все: собственное распростертое полумертвое тело, врачей, медсестру, бесчисленные приборы в операционной. И нечеловеческая мука терзала не мое полумертвое тело, лежащее на операционном столе, а моего «двойника», наблюдавшего за происходящим издалека. Чуть выше я написал: «еще одно "я", мой двойник, наблюдало за тем, как "я", корчась в смертельной муке, вынужден расплачиваться за совершенные мною в жизни добро и зло». Это ошибка. Сейчас, сочиняя это письмо, я хорошенько припомнил все, что происходило тогда, и понял, что подводил черту под совершенным мною добром и злом, корчился в муке, испытывал сводящую с ума тоску и одиночество, раскаивался без надежды именно мой двойник, мое второе «я», наблюдавшее откуда-то издали за моим умирающим телом... Думаю, что на какое-то мгновение я оказался тогда по ту сторону жизни. Но тогда что же это такое — мое второе «я»? Возможно, это моя жизнь, отделившаяся от физического тела...

Но потом мне вдруг стало тепло, растаяло чувство тоски, одиночества и раскаяния, исчезло мое второе «я». И навалилась непроглядная тьма — вплоть до того момента, когда ко мне вернулось сознание. Я ничего не помню. Потом я услышал, как кто-то зовет меня: «Господин Арима, господин Арима!» — и своим помутившимся зрением я различил лицо женщины средних лет, похожей на медсестру.

Вскоре появились Вы. Вы мне что-то говорили, верно? Но я ничего не помню из того, что Вы мне тогда говорили. А потом я, кажется, провалился в сон. Не знаю, поверит ли мне кто-нибудь, но десять лет назад я действительно испытал все это. До сего момента я никому не рассказывал об этом удивительном происшествии. Я не хотел рассказывать об этом — никому, никогда. Но, прочтя ваши строки о том, что жизнь и смерть, возможно, тождественны в своей сути, я страшно разволновался и очень долго размышлял над этой мыслью. Возможно, представление о том, что со смертью человека исчезает, превращаясь в Ничто, вся его жизнь, является величайшим заблуждением. Иллюзией, порожденной высокомерным человеческим разумом. Это кажется мне заблуждением. Я выжил, и тогда исчезло мое второе «я», наблюдавшее за моим реальным телом. А если бы я умер? Что стало бы с моим «двойником»? Он превратился бы в сгусток жизни, лишенный души и телесной оболочки, и растворился бы во вселенной... Пока твое зло и твое добро остается с тобой, ты продолжаешь испытывать невероятные страдания... Я повторяю в который раз: то, что я видел, не было сном. Напротив, я думаю, что это был реальный образ «жизни». В начале письма я оговорился, что не буду делать выводов и умозаключений.

Тем не менее я должен был дать Вам какие-то пояснения, основанные на собственных умозаключениях. Признаюсь, что я и сам впоследствии неоднократно задумывался: а не было ли мое второе «я» тем, что люди обычно называют «духом»? Я не знаю, как выглядит «дух» и существует ли он в действительности. Но я не думаю, что мой «двойник», наблюдавший за мной в момент моей смерти, был моим духом. Ведь если там был действительно дух, то выходит, что в процессе человеческой жизни именно дух управляет нашей физической и духовной деятельностью. А стало быть, и биение сердца, и ток крови в жилах, и работа сотен гормонов, и непостижимая деятельность внутренних органов, и ежесекундные, безграничные перемены нашего настроения зависят от какого-то духа! Но подумайте сами. В нас все происходит не так! Наше тело двигается само по себе, мы сами смеемся, сердимся, плачем. Не может быть так, чтобы жизнь во всех ее проявлениях управлялась каким-то духом!

Ведь мое второе «я», включающее в себя совершенные мною добро и зло, обреченное на безмерные страдания и тоску, умершее, но продолжавшее существовать, вовсе не было той непонятной, загадочной и переменчивой сущностью, именуемой «духом». Напротив, оно являлось самой «жизнью», что побуждает человека сердиться, скорбеть, радоваться и страдать, управляет его тончайшей духовной и физической деятельностью. Нет, это не дух, привидение или что-то подобное. Это именно жизнь, которую невозможно выразить цветом, формой, и уж тем паче словами... Вот о чем я думал, когда, выздоравливая, наблюдал из окна палаты приход весны...

Я не мог забыть те удивительные вещи, что произошли со мной. Мне стало страшно жить. Я не умер после той страшной трагедии. Но наступит день, когда смерть придет за мной. Меня положат в гроб, отвезут в крематорий, и я обращусь в пепел. Я бесследно исчезну из этого мира. Однако моя жизнь, окутанная аурой совершенного мною зла и добра, не исчезнет, она продолжит существование. Это приводит меня в содрогание. Мне вспомнился запах тела Юкако, лежавшей в моих объятьях в ту последнюю ночь ее жизни, ее по-детски искренняя манера кивать в ответ на мои слова. Мысль о том, что это я убил ее, пустила корни в моей душе, она так и живет со мной, не исчезая из моего сознания. Но поэтому я, который видел свою собственную жизнь, обязан перемениться. Отныне я не должен жить так, как жил до сих пор. Рана моя заживала, и эта мысль все укреплялась во мне. Я также понял, какую боль и страдания я причинил своей жене. После того страшного происшествия моя любовь к жене сделалась глубже и сильнее... Но и любовь к ушедшей из жизни Юкако Сэо стала еще сильнее, от нее просто сжимало сердце...

Как раз тут и появился Ваш отец, Тэрутака Хосидзима, и затеял разговор, полный намеков на развод. Вопреки своей обычной манере, он начал издалека, говорил обиняками, но свою линию гнул

147

упорно. Если бы со мной в больнице не произошли те удивительные события и Вы простили меня, я бы просил Вашего отца позволить нам сохранить супружеские узы и начать жизнь заново. Но у меня в голове гвоздем сидела другая мысль: я должен перемениться, жить не так, как жил до сих пор. В тот день, когда стала известна дата выписки из больницы, я принял решение, положив конец долгим сомнениям. Я решил развестись с Вами. Я шел навстречу новой жизни.

И вот, я действительно переменился. Попытавшись жить не так, как я жил, я опустился до самого дна. Я стал изможденным, невзрачным человечком, за которым тянется шлейф усталости от собственной жизни. И все же, когда я в своей гостинице следил за мышью, на которую охотилась кошка, Вы были совсем недалеко от меня — в Саду георгинов Вы любовались звездами вместе с сыном-инвалидом. Вы и я — мы находились в разных местах и видели разные вещи, но перед глазами у нас, вероятно, стояло одно и то же. Как это удивительно! И как полна печалями человеческая жизнь!.. Нет, мне не следует писать о таком. На этом я, пожалуй, закончу свое письмо. Иначе я могу ненароком написать нечто, о чем лучше не писать. Пожалуйста, берегите себя. Желаю Вам здоровья. Под влиянием Вашего рассказа о том, что Вы испытали, слушая музыку Моцарта, я написал о том, чего не собирался открывать никому в жизни. У Вас может создаться впечатление, что это письмо писал самовлюбленный глупец, так что лучше выбросите все это из головы. Считайте мое послание дурацкой шуткой мужчины, которого едва не прикончила официантка из бара.

Ясуаки Арима

31 июля

P. S. Поскольку у Вас теперь другая семья, я подумал, что лучше не писать на конвертах мое имя — Ясуаки Арима. И решил подписаться именем и фамилией некоей мифической женщины. Но полагаю, что по почерку вы легко догадаетесь, что это письмо от меня.

Господин Ясуаки Арима!

Я плакала, читая Ваше письмо. Слезы лились у меня ручьем, я не могла сдержаться. Оказывается, Вы наблюдали за нами со второго этажа гостиницы у Докконумы, когда мы проходили мимо... Мало того, Вы терпеливо ждали несколько часов, когда мы появимся вновь и пройдем по дороге, освещенной солнечными лучами... Такое я и представить себе не могла. Я даже не знаю, о чем мне писать. Не могу придумать, и все сижу над чистым листом бумаги, роняя слезы. Вы написали: «Аки, похоже, обеспечена и здорова». Почему Вы написали именно это?.. Действительно, если сравнить меня с женщинами из обычных семей со средним достатком, я хорошо обеспечена, да и болезней особых нет. Но Вы же ведь не написали, что Аки, кажется, счастлива! Я поняла, почему Вы не написали *такую* фразу. Просто Вы смогли заглянуть в мою душу — и понять все! Вот почему вы много часов стояли подле окна — Вы ждали, когда мы вновь пройдем перед Вашей гостиницей, чтобы увидеть, как мы возвращаемся. Да, я уверена в этом. Слезы все лились у меня, но я про-

150

должала читать Ваше послание. А потом дошла до того абзаца, где вы описываете происшедшие с Вами странные вещи. Этот отрывок меня просто ошеломил. Дочитав до конца, я даже почувствовала легкую дурноту, и какое-то время сидела в полузабытьи, пока не пришла в себя. Потом еще раз перечитала строки, посвященные тому, что Вы видели и что чувствовали, когда умирали. Я раз за разом перечитывала их. Скажу, что все это за гранью моего разумения. Вы пишете о таких вещах, как Добро и Зло, которые Вы совершили в своей жизни. Мне же не ясно, какой смысл Вы вкладываете в эти понятия... Что означает Зло, о котором Вы говорите? Что означает Добро? Нет, мне недоступен смысл этих слов. Я смогла уразуметь лишь одно — то, что Вы описываете, не является выдумкой, небылицей, а представляет собой реальный опыт Вашей жизни. Вы действительно прошли через все это. Я даже не представляю, что сказать на это. Может быть, лучше вообще не касаться этой темы — тех странных, удивительных вещей, о которых Вы пишете... Думаю, что я должна просто молча хранить в своем сердце тайну, которую Вы доверили мне одной. Я искренне благодарна Вам за то, что Вы прочли оба моих длиннющих письма и даже написали ответ. Думаю, что Вы ответите мне и на это письмо, я почти убеждена в этом. Опять моя пресловутая интуиция... Когда я думаю о том, что Вы прочтете мое письмо и опять напишете мне, сердце мое трепещет от счастья. Но все же я не могу отделаться от ощущения, что все это слегка безнравственно. Наверное, эти слова вызовут у Вас горькую усмешку... Но когда-нибудь нашей переписке (если Вы, конечно, будете отвечать мне) придется положить конец. Я хорошо это знаю.

Сегодня я страшно разволновалась, и даже не знаю, с чего начать... Просто слова не идут на ум. Наверное, следовало бы отложить письмо, обождать несколько дней, пока мои чувства немного улягутся, и лишь потом взяться за перо. Но когда я вчера получила Ваше письмо, мне ужасно захотелось ответить Вам сразу же. Пока муж был в Америке, у меня появилось больше свободного времени. Теперь он вернулся, и опять навалились домашние хлопоты. К тому же сегодня, когда муж ушел на работу, Киётака закрылся у себя в комнате и отказался идти в школу. Я попробовала выяснить, в чем дело, но сын только выпятил губу с тем самым выражением на лице, какое у него бывает, когда он чем-то страшно недоволен, и продолжал молча лежать в постели. Наверняка что-то случилось в школе. Сын не способен в полной мере выразить словами то, что хотел бы сказать, и поэтому, когда у него какая-то неприятность, он всегда пытается таким образом привлечь мое внимание, чтобы я пожалела и приласкала его. Я строго прикрикнула на него, но тут вмешался мой отец (он уже оделся, но все еще сидел дома в ожидании служебной машины). Он сказал, если мальчик не хочет идти в школу, то пусть остается дома, и надо разрешить ему поступать так, как ему хочется. Такие стычки у нас уже стали привычным делом. Раз ребенок родился таким, значит нужно проявлять больше сочувствия и понимания, считает отец, я же придерживаюсь иной точки зрения: именно потому, что ребенок получился таким, надо обходиться с ним строже и не позволять ему раскисать. В итоге мы с отцом поссорились.

Мы поняли, что ребенок родился неполноценным, когда ему исполнился год и три месяца. Он все еще не умел садиться, даже ползать не мог. На лице не отражалось никаких эмоций, и вообще реакция на окружающий мир, звуки, движения была крайне вялой. Я уже за полгода до этого почувствовала неладное, поняла, что с ребенком не все в порядке, но мне было так страшно, что мои предчувствия сбудутся, что я намеренно все оттягивала и оттягивала визит к врачу. В книгах, посвященных уходу за младенцами, говорится, что некоторые дети начинают садиться уже в пять месяцев, а другие не способны этого делать и после восьми. Сравнивая своего Киётаку с другими детьми, я старалась внушить себе, что он просто запаздывает в развитии. Но когда ему исполнился год и три месяца, а он еще не садился, меня обуял просто панический ужас. И вот, наконец, врач поставил страшный диагноз: «Судя по ригидности мышц, у ребенка явный синдром ДЦП, хотя и в довольно легкой форме». Не помня себя, я схватила сына и почти в беспамятстве возвратилась домой. Я просидела до самого вечера на полу у детской кроватки, прижимая к себе Киётаку и вперив невидящий взор в ковер на полу, — пока в комнату не вошла обеспокоенная Икуко. Я просто обезумела от горя и растерянности и никак не могла опомниться от потрясения. Ночью, когда я встала, чтобы сменить ребенку пеленки, мне вдруг подумалось: я ведь не сделала ничего дурного. Так за что же мне все это?! Я посмотрела на спящего мужа, и меня пронзила ужасная мысль. Роди я от Вас, мой Киётака, возможно, получился бы нормальным, здоровым ребенком! Это была страшная мысль. Унизительная для моего мужа. Но я была уверена в своей правоте. Если бы я не вышла замуж за этого человека, то и не родила бы такого ребенка, как Киётака! И все это по Вашей вине! По вине Ясуаки Арима! Это ведь из-за Вас вышло так, что я родила такого несчастного ребенка...

В тусклом свете ночника я, наверное, была похожа на демона. «Не прощу. Никогда в жизни не прощу человека по имени Ясуаки Арима! — безмолвно кричала я. — Это все из-за него. Из-за него!» Киётака рос, и отклонения становились все заметнее и заметнее. А вместе с этим моя ненависть к Вам становилась все яростней и ожесточенней.

Я что-то слишком перевозбудилась. У меня дрожат руки. Пальцы не держат перо. Потрясение, что я испытала при чтении Вашего письма, наложилось на ненависть к Вам, что я питала когда-то. Такую страшную ненависть, что мне самой становилось жутко. Эти чувства настолько переплелись, что я уже сама не могу в себе разобраться. Прошу Вас, простите меня. В самом деле, сегодня лучше не продолжать. Но я все равно напишу еще, даже если Вы не ответите мне. Ну вот, у меня опять потекли слезы... Почему я сегодня все плачу и плачу?.. Да что же со мной такое?!.

Аки Кацунума

3 августа

Госпожа Аки Кацунума!

На сей раз Ваш обычно прекрасный почерк подвел Вас. Знаки получились странно неровными, будто рука, выводившая их, мелко дрожала. Это так подействовало на меня, что я просидел в дешевой пивнушке на задворках станции до самого закрытия. Вообще-то я давненько сюда не заглядывал, но на сей раз пил в одиночку, сидя за стойкой бара. Так я уже давненько не напивался. Накачивая себя спиртным, я размышлял о ваших словах. И в самом деле, по логике вещей это я виноват в том, что у Вас родился ребенок с врожденным дефектом. Да, Вы правы. Я презирал самого себя, я насмехался над собой.

На душе было невыносимо скверно. Я размышлял о том, что мой случайный визит в отдел постельных принадлежностей на шестом этаже универмага в Киото, а точнее, еще мой приезд в Майдзуру, когда я, потеряв родителей, попал в семью супругов Огата, связал воедино судьбы слишком многих людей. Это ввергло меня в черную меланхолию. Да, все именно так, как Вы пишете. Как ни крути, а все-

156

му причина я. И вот уже десять лет, как я расплачиваюсь за свой грех. Предаваясь этим мрачным мыслям, я не заметил, как перебрал виски. Хозяин пивнушки, парень примерно моих лет, все приставал ко мне с разговорами, но я не отвечал ему. Я смотрел в свой стакан. В этой пивнушке обычно собирается разный сброд: обслуга ближайшего зала игральных автоматов — парни из бывших бандитов, угрюмые рабочие с местного заводика, и прочая шпана — пацаны без определенных занятий, которые срывают случайные деньги, играя на велогонках и лодочных гонках. Но пивнушка, в общем-то, как пивнушка, так что сюда могли бы заходить и люди поприличнее, пропустить стаканчик. Однако таких здесь никогда не бывает, что просто приводит меня в восхищение. Все дымят без передышки, так что хоть топор вешай, парни пристают к молодой жене хозяина (хозяева скрывают свои отношения от посетителей, но я-то сразу догадался, что они супруги), обмениваются похабными шуточками и громко ржут над своими непристойностями. Как правило, все сидят здесь до закрытия заведения.

В своих предыдущих посланиях я уже писал о некоторых женских чертах Юкако Сэо. Помните? Когда однажды в холодный ноябрьский день тот парень швырнул меня в море, следом за мной в воду бросилась Юкако. Потом мы, мокрые, как мыши, отправились к ней домой. Переодевшись в сухое, мы сидели в ее комнатке на втором этаже, греясь у электрической плитки. Тогда она с необычным для четырнадцатилетней девчонки кокетством прижалась ко мне щекой, а потом поцеловала в губы. После описания этой сцены я приписал: «такая прямолинейная смелость с мужчинами была кармической сущностью женщины по имени Юкако Сэо». Теперь в моем затуманенном алкоголем мозгу отчетливо всплыла та самая фраза. Да, написать-то я ее написал, но что же все-таки я имел в виду, назвав это «кармической сущностью»? Я долго раздумывал над этой фразой. Я всем своим существом ощущал прикосновение тела Юкако. В какой-то момент мне показалось, что я начал смутно понимать сущность того ореола, ауры, что накрепко прилепилась к моему «двойнику», к моему второму «я», наблюдавшему за моим умирающим телом. Не только все совершенные мной поступки, но даже не воплотившиеся в реальные действия ненависть, гнев, любовь и жалость, глупость и прочие чувства и ощущения материализовались и, переплетясь, впечатались в мою Жизнь, превратившись в некое несмываемое клеймо, что прилипло ко мне, перешедшему в мир Смерти. Я подумал, что эта мысль имеет явную связь со словом «карма», мелькнувшим в моем мозгу, когда я вспомнил о Юкако. Не знаю, откуда взялась эта уверенность, но мне действительно показалось, что тут определенно есть нечто общее, какая-то точка соприкосновения. Но я все больше хмелел, фиолетовый свет дешевой лампы слился с бутылками виски, стоявшими рядами на полке, и все завертелось у меня перед глазами. Мне стало трудно дышать. Не знаю, сколько потом прошло времени. Я очнулся оттого, что кто-то сзади тряс меня за плечо. Я с трудом повернул неподъемную голову. Передо мной стояла женщина. Это была Рэйко — женщина, с которой я сейчас живу. Обеспокоенная моим долгим отсутствием, она решила зайти за мной. Рэйко, кажется, расплачивалась с хозяином пивнушки, а я, пошатываясь, добрел до двери, распахнул ее, вышел на улицу и поплелся вперед. У обочины дороги стояла собака. У меня промелькнула мысль, что я хуже этой собаки. Меня все обгоняли и обгоняли группки людей, высыпавшихся из последней электрички. Потом все куда-то разбрелись, толпа рассеялась. Любой человек, когда ни возьми, лучше меня, размышлял я. Мне вспомнилось, как я наблюдал за Вами и Вашим сыном со второго этажа гостиницы в Дзао. А я — я словно старый рваный башмак, который выбросили в сточную канаву... Рэйко молча шла следом, на некотором расстоянии. Я был так пьян, что едва ворочал языком, однако что-то еще соображал. Но потом мне стало совсем плохо. И я согнулся пополам, едва не уткнувшись лицом в грязь. Меня вывернуло прямо на дорогу. Рэйко погладила меня по спине и сказала, что дома протрет меня холодным мокрым полотенцем. Я ответил, что ненавижу ее, и, стряхнув с себя ее руку, со злобой высказал Рэйко все, что я думал. «Да тебе просто доставляет мазохист-

159

ское удовольствие тратить себя на такого подонка, как я! — орал я. — Тоже, нашлась доброхотка, притащилась за мной в пивнушку, изображает, будто волнуется. Хозяину заплатила, а я тебя не просил! Плетешься на расстоянии, изображаешь, будто я сам по себе, а ты — сама по себе, да? Только я не пойму, что ты тут корчишь, ради чего этот спектакль? Все это липа, для себя же стараешься! И сблевал-то я как по заказу, специально на радость тебе, чтобы доставить тебе удовольствие! Так что можешь гладить теперь меня по спине и плести, что протрешь меня полотенцем, когда мы вернемся домой. Хочешь показать, какая ты добренькая? Но только знай — я все равно тебя терпеть не могу! Ну ни капельки не люблю! Можешь прямо сейчас отвалить — мне от этого не холодно и не жарко!»

Рэйко только растерянно смотрела на меня. Выражение у нее при этом было простодушное и в то же время какое-то жалкое и растерянное, как у ребенка, которого незаслуженно распекает учитель, хотя он не сделал ничего дурного. А потом сказала таким безучастным тоном, что меня всего передернуло: «А я и не думала, что ты на мне женишься...» Я даже несколько растерялся, однако закончил: «Вот и прекрасно. Завтра же от тебя съеду!»

Рэйко двадцать восемь, мы познакомились год назад. Я был у нее первым мужчиной. До двадцати семи Рэйко оставалась девственницей: после окончания школы высшей ступени она поступила на работу в большой супермаркет и так и трудится там до сих пор — каждый день, кроме выходных, стоит за кассой и пробивает чеки на товары, которые приобрели покупатели. И так уже почти десять лет. Сейчас ее единственная радость и развлечение — вытащить меня в свой выходной, в четверг, куда-нибудь на «пикник» со скромным завтраком, который она заранее укладывает в коробочку. Она не увлекается кулинарией и не готовит изысканных блюд, не мечтает, накопив денег, съездить на Гавайи или Гуам, не тратится на тряпки. Она такая маленькая, беленькая, как ребенок, глаза круглые, и все еще какие-то чистые, как у девочек-подростков. Рэйко немногословна, болтать не любит настолько, что порой ее молчание даже выводит меня из себя. В общем, это, пожалуй, ее единственное достоинство, а больше и добавить нечего. У них в семье шестеро детей, Рэйко — вторая. Старшая сестра обзавелась семьей, но муж получает скромную зарплату, так что она ведет скромный образ жизни. Два младших брата после окончания средней школы не пожелали учиться дальше, работать тоже не пошли. Болтаются где-то по нескольку месяцев, потом заявляются домой, крадут у родителей деньги — и снова исчезают. В общем, надежды на них никакой. Две младших сестренки все еще учатся в школе старшей ступени, но на занятия почти не ходят: намалюются, как куклы, — и давай болтаться по всяким увеселительным заведениям. Отец был когда-то плотником, но по-

161

вредил себе спину и стал практически нетрудоспособным. Это произошло лет тринадцать назад, так что с тех пор семья живет трудно, на нищенскую зарплату матери, работающей на местном заводике, и те небольшие денежные суммы, что ежемесячно присылают старшая дочь и Рэйко. Все это я знаю только со слов Рэйко, ни с ее сестрой, ни с ее родителями так ни разу и не встретился.

Когда мы вернулись домой, я разделся догола и буквально свалился на расстеленную Рэйко постель. Мне было жарко, и я попросил Рэйко включить кондиционер. Но Рэйко сказала, лежать под вентилятором в таком разгоряченном состоянии — это верная простуда, и, налив в таз воды, положила туда лед из морозильника. Потом намочила в этой ледяной водой полотенце, отжала его и принялась протирать меня. Молча, не говоря ни слова, она несколько раз протерла мне лоб, лицо, за ушами, шею, грудь, спину — словом, все тело. Закончив, она села подле меня и долго рассматривала мое обнаженное тело. Потом коснулась кончиками пальцев рубцов на шее и груди. Я никогда не заводил разговор, откуда они, Рэйко тоже не проявляла никакого интереса, что даже бесило меня. До этого дня она ни разу не прикасалась к моим рубцам, во всяком случае, так откровенно. Пока она протирала меня, я почувствовал облегчение, но потом мне стало даже хуже, чем было, — тело прямо запылало от жара. Тогда я попросил Рэйко протереть меня еще раз, потому что мне от этого лучше. Рэйко снова принялась протирать меня. Но не успела она закончить, как я сказал, что пора спать, поскольку час уже поздний. Стрелки на часах показывали два ночи. Рэйко обычно встает еще до семи, готовит завтрак, а в половину девятого уходит на работу. «Завтра, наверное, не пойти на работу, не успею», — удрученно сказала она и снова уставилась на рубец на моей шее. У нее накопилось немало неизрасходованных отпускных дней, так что, в принципе, могла бы спокойно посидеть денька два-три дома. Но за все это время, что мы прожили вместе, Рэйко ни разу не брала оплаченный отпуск и отдыхала только в свой выходной, по четвергам. Я подумал, что, наверное, жестокие слова, что я бросил ей в лицо по дороге домой, больно ранили ее. Тем не менее я еще раз предложил ей расстаться и закрыл глаза. Возможно, сегодня ночью Рэйко сделает то же самое, что некогда сделала Юкако, отвлеченно подумал я, не открывая глаз. Ну и дела, просто диву даешься. Я так разительно переменился за прошедшие десять лет, а в итоге все точно то же самое, что и десять лет назад, — подумал я. На душе у меня отчего-то было покойно. Рэйко погасила свет, переоделась в пижаму и, расстелив свой футон рядом с моим, улеглась на живот, лицом ко мне. И начала говорить — вначале тихо-тихо, как-то безжизненно, так что ее почти не было слышно, но постепенно она оживилась, в голосе зазвучали эмоции.

«Моя бабушка, — начала Рэйко, — умерла в семьдесят пять. Мне тогда исполнилось восемнадцать. Помню, самая младшая сестренка была еще так мала, что даже в детский сад не ходила. В день похорон было жутко холодно и шел дождь. Из всех внуков только я по-настоящему любила бабушку, соседи даже подшучивали над нами, что я, мол, "бабушкина внучка". Но и бабушка тоже больше всех любила и ласкала меня. Так вот, у бабушки была привычка прятать левую руку — либо в рукав кимоно, либо в карман передника. Дело в том, что она родилась четырехпалой — без мизинца на левой руке. Поэтому в детстве соседские ребятишки ужасно дразнили ее. Бабушка родила пятерых сыновей. Четверо погибли на войне. Они погибли в совершенно разных местах — один в Бирме, второй на острове Сайпан, третий в море Лейте, четвертый — на Филиппинах, но погибли почти в одно время. Через месяц война закончилась. Я была еще малышкой, когда бабушка, посадив меня перед собой, рассказывала, как она плакала, получая одну за другой похоронки. Любой разговор непременно сводился к этой истории о погибших на войне сыновьях. Возможно, по сравнению с братьями и сестрами я была более чутким ребенком и хорошим слушателем. Бабушка повторяла одно и то же, но я ни разу не скорчила недовольную мину и внимательно выслушивала рассказ, теребя пальцами мочку уха. Привычка теребить мочку у меня с детства. И потому у меня всегда уши были

164

красные и горели — то левое, то правое. Даже теперь я порой нажимаю кнопки на кассе, а другой рукой тереблю ухо. Как замечу, сразу руку отдергиваю.

В завершение разговора бабушка непременно предъявляла мне свою четырехпалую руку. И говорила, что важные люди, которые отправляют других на войну, а сами сидят в тепленьком месте, никогда уже не смогут появиться на свет в человеческом облике, доведись им родиться заново. Не важно, в какой стране они живут — в той, что победила, или в той, что проиграла войну. Они могут возродиться только в образе змей, червяков и прочей гадости, омерзительной для людей. Даже если кто-то из них и возродится в человеческом облике, все равно на нем будет лежать грех, а потому его ждет возмездие, и он проживет короткую и несчастливую жизнь. Когда бабушка говорила об этом, лицо у нее становилось напряженным и каким-то сурово-решительным, хотя я была еще маленькая и не понимала, что такое "сурово-решительный". Бабушка, очевидно, свято верила в закон переселения душ — что умерший человек непременно возродится и вернется в наш мир. Как бы в доказательство она показывала мне свою левую руку с четырьмя пальцами. "Вот, взгляни!" — говорила она. До сих пор не пойму, почему она после всех этих рассказов непременно заставляла меня смотреть на ее уродство. Но бабушка утверждала, что именно из-за этой руки она смогла понять одну вещь.

"...Вообще-то я заметила это случайно, — рассказывала она. — Вскоре после того, как четверо моих сыновей один за другим погибли в далеких южных странах, война закончилась. Прошел еще год, мне уже было почти пятьдесят один. И я задумалась: ну почему моим сыновьям суждено было уйти из жизни, ведь они еще не дожили даже до тридцати? Я брела по пепелищу города Осака под палящим солнцем — и тут мне в голову пришла одна мысль. А может, я еще смогу встретиться с моими погибшими сыновьями? Да, я непременно их встречу! Причем не в будущей жизни, а в этой, я непременно встречу троих своих дорогих сыночков! Эта мысль привела меня в неописуемую радость. И у меня ручьем хлынули слезы. И тут же к сердцу подступила безмерная печаль — и у меня снова хлынули слезы. Я вынула из кармана свою четырехпалую руку и подставила ее солнцу. Уж и не знаю, сколько я простояла, разглядывая свою уродливую ладонь. Она была такая безобразная, что я сама содрогнулась. Она была воплощением уродства и ужаса, эта четырехпалая рука, но именно она вселила в меня уверенность, что я непременно встречу при жизни своих сыновей..."»

«Эту историю бабушка могла рассказывать бесконечно, — продолжала Рэйко, — и я уже воспринимала ее, как сказку, но каждый раз я сидела и слушала, пока бабушка, вконец утомившись, не замолкала. При этом я теребила свое ухо. Но мне всегда не давала покоя одна странность. Дело в том, что у бабушки погибли на фронте четверо сыновей, но она почему-то упорно твердила, что встретится не с четырьмя, а только с тремя. Но вопросов я не задавала, только слушала. В заключение бабушка всегда говорила одно и то же — нет греха хуже, чем лишить человека жизни. Лишить жизни себя самого — такой же великий грех. В этом мире много дурного, много того, чего человеку делать нельзя. Но эти два греха — самые тяжкие, убеждала она. Почему она говорила об этом, я узнала гораздо позже, уже учась в школе старшей ступени. Это случилось незадолго до бабушкиной смерти. Бабушка утверждала, что на фронте погибли все четыре сына. Но это было не так. Тут она слегка кривила душой. Об этом мне однажды рассказал мой отец. Трое действительно погибли на войне, но с четвертым сыном по имени Кэнсукэ дело обстояло иначе. Его послали на фронт в Бирму, и, видя, как от голода и малярии умирают один за другим его боевые друзья, он ушел в джунгли и повесился. Командование скрыло правду, и похоронка, которую получила бабушка, оказалась фальшивкой. Правду она узнала от демобилизовавшегося товарища сына. Он привез ей маленькую бумажную коробочку с прахом Кэнсукэ, а также его очки и истрепанную записную книжку. Слушая рассказ о том, что ее сын погиб не от пули противника, а покончил с собой, она побелела, как мел. В записной книжке была только одна фраза: "Я был несчастлив".

В день похорон бабушки, после церемонии кремации мы с матерью приготовили скромное угощение для приехавших родственников. Мы просто с ног сбились, снуя из кухни в комнату и обратно. Тут как раз мне почему-то вспомнился тот бабушкин рассказ, который я столько раз слушала в детстве. И я спросила себя: а чувствовала ли бабушка, что уже встречалась со своими сыновьями? Действительно ли она видела их при жизни? Нет, наверное, так и умерла, не испытав этого... Поднося гостям сакэ и пиво, я размышляла об этом. Как ни странно, но в тот момент у меня возникла уверенность, что они действительно столкнулись где-то на короткий миг, — вот бабушка и не поняла, что перед нею ее покойные сыновья, да и сыновья тоже не поняли, что перед ними их бывшая мать... Мне стало и радостно и печально, так, что я едва не расплакалась. Наверное, бдение у тела покойной и похороны отняли у меня столько сил, что я вдруг сделалась непривычно чувствительной и сентиментальной. Вот тогда-то до меня дошло, почему бабушка верила, что встретит не четверых, а только троих сыновей. Она понимала, что никогда не увидит лишь одного — Кэнсукэ, который сам лишил себя жизни. Лишив себя жизни, он уже никогда не родится на свет человеком. Мне показалось, что я смогла понять бабушку. Она любила всех четверых детей. Все они не вернулись с поля боя. Но, может быть, ей хотелось увидеть именно Кэнсукэ, который не пал в бою, а повесился в джунглях? Возможно, она всю оставшуюся жизнь думала и помнила прежде всего о нем. Как о самом несчастном, самом дорогом ребенке...»

Закончив свой рассказ, Рэйко уткнулась мне лицом в подмышку. От удивления я невольно обнял ее. Она никогда не произносила таких монологов и не прижималась ко мне по собственной инициативе. Но я по-прежнему сухо осведомился, что она, собственно, хотела сказать мне этим своим рассказом. Рэйко тяжело вздохнула, словно устала от собственного монолога, и сказала: «Мне кажется, что ты можешь умереть». Тогда я резко спросил, а почему я, собственно говоря, должен умереть. Рэйко хотела было что-то ответить, но передумала и замолчала. Зачем она рассказала мне все эти сказки своей дряхлой бабки?.. Я закрыл глаза, но сон никак не шел ко мне. У меня перед глазами стояла четырехпалая рука ее бабули, как будто я видел ее воочию, а в голове звучали слова этого парня Кэнсукэ, который повесился в бирманских джунглях: «Я был несчастлив»... Я шепнул Рэйко, чтобы она сняла пижаму. Когда она послушно разделась, я поставил ее в такую позу, что больше всего смущала ее, и проделал с ней все, что хотел, наспех выдавил из себя все, что скопилось во мне, сразу же отодвинулся от Рэйко и лег на постель. Потом нарочито засопел, будто заснул, и повернулся к ней спиной. Прошло какое-то время. «А я вот придумала одну ин-

169

тересную штуку...» — начала было Рэйко, но умолкла и прижалась щекой к моей спине. Я сделал вид, что ничего не чувствую. Мне опять стало нехорошо после выпитого, и захотелось поскорее заснуть. Однако Рэйко продолжила полушепотом: «Почему же бабушка никогда мне не говорила, что один из ее сыновей не погиб, а покончил с собой?..» Я и сам думал о том же, но не собирался ей отвечать. Мне было просто все равно. А потом я уснул.

Наутро я разлепил глаза довольно поздно, и увидел, что Рэйко сидит на кухне, разложив на столике какие-то листки, и что-то задумчиво пишет. Когда я спросил ее, что это она там делает, она ответила вчерашней фразой: «Я придумала одну интересную штуку...» — и засмеялась. Я сполоснул лицо, уселся напротив Рэйко и сделал первую затяжку. Рэйко мелко написала на листочке бумаги какие-то цифры, нарисовала прямоугольник и что-то в нем нацарапала. «Как ты думаешь, сколько я накопила?» — спросила она, уставившись в этот листочек. По правде говоря, я тайком от Рэйко заглядывал в ее сберкнижку, которую она прятала в платяном шкафу, однако сказал, что понятия не имею, и попросил налить мне холодного ячменного чаю. Рэйко обычно сразу же исполняла все мои пожелания, но тут она, продолжая глядеть на листок, показала пальцем на холодильник и сказала, чтобы я сам налил себе чаю. Ничего не поделаешь, пришлось самому лезть в холодильник.

«Три миллиона двести тысяч иен!» — торжествующе воскликнула Рэйко, подняв ко мне лицо. Она добавила с веселой и какой-то многозначительной улыбкой: «И еще миллион на срочном вкладе. А срок истекает в следующем месяце, третьего числа». Далее последовали объяснения, больше похожие на оправдания: мол, если бы она не посылала часть зарплаты родителям, то скопила бы еще больше, но, поскольку на материну зарплату семье не прожить, то Рэйко со старшей сестрой приходится помогать родителям материально. «Можно подумать, что ты копила эти деньги ради меня», — проворчал я. На что Рэйко ужасно серьезно ответила, что у нее такого намерения не было. Я засмеялся и сказал, что просто пошутил, а Рэйко пояснила: «Мы же знакомы всего один год... Разве я могла накопить за год четыре миллиона двести тысяч?!» Затем, улыбаясь своими круглыми глазами, начала рассказывать о том, какой придумала бизнес. Идея эта возникла у нее при посещении салона красоты, куда Рэйко регулярно захаживала. В последнее время, сказала она, между салонами началась жуткая конкуренция. Ведь их в одном квартале может быть пять-шесть, а то и целый десяток. Поэтому каждый салон старается выделиться за счет внедрения всяких новинок и качества обслуживания клиентов, однако самое главное в этом деле — реклама. В том салоне, куда ходит Рэйко, для клиентов специально печатают что-то вроде ежемесячного буклетика. Но поскольку печатают его небольшим тиражом, то себестоимость одного экземпляра, понятное дело, все выше и выше, кроме того, делать буклет каждый месяц — это жуткая головная боль. Вот хозяин салона и решил прибегнуть к услугам какой-то дизайнерской студии. Но все равно себестоимость одного экземпляра все время растет, и в салоне просто не знают, что делать. Когда Рэйко узнала об этом, ей в голову пришла идея. Тут Рэйко прервала свои пояснения и показала то, что было нарисовано на том самом листочке бумаги. Сложенный вдвое лист бумаги оказался макетом рекламной листовки салона красоты и одновременно сувениром для клиентов. Вверху первой странички был нарисован четырехугольник, внутри которого вписывалось название заведения и имя хозяина, а также адрес и номер телефона салона. Сбоку крупно выведено название рекламной листовки. Рэйко сказала, что название пока чисто условное. Кроме того, на первой страничке предполагалось поместить фотографии цветов, цветущих в данном сезоне, или что-то в подобном духе. Затем Рэйко развернула согнутый лист и продолжила пояснения. На второй и на третьей странице, к примеру, можно разместить полезные советы: как правильно мыть голову дома, как ухаживать за кожей, рецепты экзотических блюд, модели модных причесок и так далее. Что разместить на последней, четвертой странице, Рэйко пока не придумала. С сияющими глазами она ткнула шариковой ручкой в прямоугольник на первой странице и сказала, что в этом четырехугольнике как раз вся соль проекта. От возбуждения она даже вперед подалась. Здесь можно впечатать любое название и любое имя. То есть одна листовка годится для многих салонов. Я молча слушал разглагольствования Рэйко. А она продолжала. Мол, недавно она заходила в одну маленькую типографию неподалеку и навела справки, во что обойдется печать одного экземпляра подобной листовки. Оказывается, если сделать заказ, к примеру, тысяч на тридцать таких листовок, то печать одного экземпляра в два цвета обойдется в семь-восемь иен. Из этого следует, что если одно заведение будет брать комплект в двести листовок по цене в четыре тысячи иен, то для распространения тридцати тысяч экземпляров потребуется договориться со ста пятьюдесятью салонами красоты. Если продавать салонам листовки по цене в двадцать иен за один экземпляр, то заведение получает прекрасную рекламу с указанием названия заведения, телефона и всего, чего пожелает заказчик, всего за 4 тысячи иен в месяц, а это очень выгодные условия. Таким образом, если найти 150 заказчиков, то выручка от продаж будет 600 тысяч иен. Типографские расходы составят 210 тысяч при себестоимости одного экземпляра в семь иен. За вычетом этой суммы и прочих необходимых расходов все равно останется не менее половины — то есть, примерно триста тысяч иен. В общих чертах вот такой план...

С первого раза я толком не понял, и попросил ее повторить еще раз. Рэйко повторила все это еще с большим азартом. Я спросил, как она собирается заменять данные о клиенте в четырехугольнике. Ведь при тираже в 30 тысяч экземпляров менять матрицы придется сто пятьдесят раз, чтобы обслужить все сто пятьдесят салонов. В таком случае затраты на печать одного экземпляра будут не семь иен, а гораздо выше. Рэйко фыркнула: все тридцать тысяч экземпляров будут печататься с одной матрицы, без текста в четырехугольнике. А текст для четырехугольника будет набираться отдельно, всякий раз новый для каждого комплекта в двести экземпляров, и лишь потом его впечатают в пустой четырехугольник. Я выразил сомнение, что такое возможно, но Рэйко только рассмеялась и сказала, что хозяин типографии заверил ее, будто это совсем несложно и типография с этим справится. Тогда я сказал, что если даже салоны польстятся на такую дешевку ценой в двадцать иен за один экземпляр, то возникает другая проблема, потому что во все салоны поступят практически одинаковые рекламные листовки. Если же листовки будут отличаться друг от друга только названиями салонов и номерами телефонов, то какой в этом прок для заказчиков?

Выслушав мои доводы, Рэйко сказала, что намерена следовать единому принципу: один район — один салон. Заключая контракт с каким-то салоном красоты, Рэйко дает гарантию, что никакой другой салон в ближайшей округе она обслуживать не будет. Как раз в этом вся изюминка, пояснила Рэйко с какой-то вызывающей самоуверенностью. И добавила, что уже получила заявки от восемнадцати салонов. Тут же выяснилось, что она тайком от меня собственноручно смастерила довольно убогий образчик листовки и показала его хозяйке заведения, куда она ходит делать прическу. Хозяйка салона страшно заинтересовалась ее предложением и даже согласилась подписать с Рэйко контракт на условиях, что цена одного экземпляра рекламной листовки — двадцать иен, а его содержание меняется ежемесячно. Мало того, она даже порекомендовала Рэйко своим подругам, держащим салоны в Киото и Кобэ. Те в свою очередь рассказали о Рэйко своим коллегам в других районах — в итоге набралось восемнадцать контрактов. *Всего* восемнадцать контрактов, — подчеркнул я. — А что ты намерена делать с остатками тридцатитысячного тиража — 26400 экземплярами? И еще типографии надо выложить 210 тысяч иен, а прибыль составит всего 72 тысячи». Рэйко положила на стол свою сберегательную книжку и бумаги на срочный банковский счет и принялась развивать свою мысль дальше. Сначала, скорее всего, она будет работать в убыток, но когда наберется уже пятьдесят клиентов, то убытки будут равны доходам, ну а если она наберет сто пятьдесят салонов, чистая прибыль составит 300 тысяч. Потом Рэйко совсем размечталась: если найдется триста клиентов, то каждый месяц она будет зарабатывать аж 600 тысяч иен! И потом, можно охватить и Токио, и Нагою, и более отдаленные районы... Рэйко все распалялась, цифры становились все умопомрачительней — тысяча салонов, полторы тысячи салонов... Тут я резонно поинтересовался: а каким образом она вообще намерена поддерживать связь с клиентами? Ведь если в одном районе можно заключать контракт только с одним салоном, то география ее бизнеса будет стремительно расширяться. И тут она мне вдруг заявляет: «А это будешь делать ты. Походишь, поговоришь с людьми»! Вот так, запросто. Я оторопело уставился на Рэйко. «Ну а содержание листовок? — осведомился я. — Ведь его нужно ежемесячно обновлять! Кто этим, интересно, будет заниматься?» «Тоже ты!» — ответила она и, прикрыв ладошкой рот, захихикала. Я даже отвечать ей не стал и сменил тему. «Налей мне кофе! Поджарь тосты! Я еще не завтракал!» — скомандовал я. Рэйко послушно поднялась. Да она просто спятила, подумал я, — и мне вдруг стало жутковато. Весь этот разговор просто дикость какая-то, но дело не только в этом. Мы знакомы с Рэйко уже год, и все это время она ни разу не обмолвилась о своих мыслях и чувствах. Я не знал, что у нее в голове. Замечал лишь ее молчаливость и покладистость. Не красавица, и умом особым не блещет — в общем, заурядная женщина. Но после ее вчерашнего монолога и сегодняшней беседы я просто не знал, что и думать! Выходит, это совсем другой человек?..

Пока я уписывал тосты, Рэйко смотрела на меня своими круглыми черными глазами. «Я же, кажется, вчера сказал, что мы расстаемся!» — холодно сказал я. Рэйко опустила глаза, и теребя мочку уха, проговорила: «Я прошу тебя не говорить больше об этом...» — но не закончила фразу. Она тихонько плакала. А потом спросила: «Что ты будешь делать, если мы расстанемся?» «Еще не думал над этим», — ответил я. Вид рыдающей Рэйко доставил мне удовольствие. Дело в том, что пока я вовсе не собирался с ней расставаться. Стыдно, конечно, признаваться в таком, но уйди я от Рэйко, мне бы уже на другой день стало нечего есть. Просто мне хотелось услышать из ее уст, что она не хочет со мной расставаться. А потому вчера и сегодня нарочно дразнил, провоцировал Рэйко. Тогда я заявил, что не испытываю ни малейшего желания заниматься каким-либо новым бизнесом, потому что я только все испорчу, любую, самую замечательную идею. «Я это знаю по горькому опыту. Есть во мне что-то разрушительное. Если хочешь, занимайся своим бизнесом одна!» — завершил я. Сам поражаясь собственному бесстыдству, я посмотрел в заплаканные глаза Рэйко. До чего же ты опустился, сказал я себе. Дальше просто некуда. Ничего не делаешь, живешь за счет женщины.

Днем мы вышли из дома и направились в ближайшее кафе. До этого Рэйко пребывала в страшно подавленном настроении. Вдруг она решительно сказала: «Хорошо. Я не буду заставлять тебя работать. Я просто прошу помочь мне хоть чуть-чуть с моим бизнесом! Ведь чтобы начать поиски заказчиков, нужно изготовить нормальный макет. В первую очередь для тех восемнадцати заказчиков, с которыми я уже договорилась. А я еще толком не знаю, какой текст разместить на второй страничке, о чем написать на третьей, как оформить четвертую полосу. Я и хотела, чтобы Вы пока помогли мне хотя бы с этим. А если дело пойдет, надо будет придумать название нашей фирме, потом нужно подумать о нашей рекламке, об адресной почтовой рассылке в пределах района Кинки. Может, Вы сделаете для меня хотя бы это?» — тут Рэйко умоляюще сложила руки. «Ты хочешь, чтобы я занялся дурацким делом и пустил по ветру все твои потом и кровью нажитые деньги?» — с отвращением спросил я. «У нас непременно получится, я почти уверена! — ответила Рэйко. — В конце концов, всегда можно вернуться на работу в супермаркет».

В самом деле, с восемнадцатью салонами контракты уже заключены. Стало быть, до конца этого месяца они должны получить готовую продукцию. Наш разговор с Рэйко состоялся 5 августа. Типография желает получить готовые тексты, фотографии и прочее к десятому числу. Так что на все про все остается всего пять дней... Я не был уверен, что сумею справиться с этой задачей, ведь я никогда не занимался такими делами, однако нехотя процедил, глядя на задумчиво-отчаянное лицо Рэйко: «Ну ладно, так и быть. Но только на сей раз». Года четыре назад я работал в одной небольшой типографии. Правда, ушел оттуда всего через три месяца. Но все же однажды мне довелось отвечать за рекламный материал, посвященный одной старой осакской фирме японских сладостей, расположенной на улице Синсайбаси, так что кое-какой опыт имелся. Может, и выйдет — хотя бы с виду нормально?.. Правда, тогда я только руководил и непосредственно подготовкой материалов не занимался, делали все дизайнеры и копирайтеры...

Однако Рэйко прямо просияла. Мы поспешно покинули кафе, и она потащила меня в книжный магазин перед станцией, наказав, чтобы я купил все, что может пригодиться для работы. Пока я подбирал книги, Рэйко сбегала в магазин канцелярских товаров и купила бумагу для рисования, линейку, циркуль, клей, ластик и прочие нужные вещи. А я первым делом отобрал пособие по акупунктуре в домашних условиях, потом отложил «Домашний огород», добавил том «Занимательной энциклопедии» и «Справочник церемониальных правил», а также пару ежемесячных журналов по косметологии. А, была не была! Я в отчаянии схватил первое, что попалось под руку. Ведь надо не просто успеть сделать к сроку работу, которая тебе в сущности не знакома, нужно сделать так, чтобы ублажить заказчиков и договориться с ними о длительных перспективах. А посему на этом писать заканчиваю. Рэйко по-прежнему не ходит на работу, целыми днями бегает по салонам красоты и в типографию. А я сейчас начну заниматься макетом. Письмо Вам я писал три дня, поэтому на листовку осталось два дня. Ну, ничего, хотя бы так я смогу отблагодарить Рэйко за то, что она год заботилась обо мне... Сейчас я разложил перед собой купленные книги, фотографию с пейзажем — все, что может пойти на первую полосу, карандаши, линейку, бумагу. Фото сделано мной во время нашего свадебного путешествия. На нем побережье озера Тадзава. Почему-то только эта фотография сохранилась среди моих вещей. Никогда не знаешь, что и для чего может тебе пригодиться! Поначалу мне казалось, что я пишу какой-то бессвязный бред — то о том, то о сем... Но сейчас вот перечитал, и могу сказать, что, пожалуй, довольно точно отобразил все события, происшедшие в моей жизни с момента получения Вашего последнего письма.

Ясуаки Арима

8 августа

Господин Ясуаки Арима!

Ваше письмо вынимала из почтового ящика Икуко. Она принесла его мне, когда я была на кухне. Икуко даже прыснула, отдавая его: какая завелись подруга у нашей госпожи, с таким очаровательным именем! Прочитав на конверте имя отправителя, я тоже развеселилась. Надо же такое написать — Аямэ Ханадзоно! Такое имя может взять себе разве звезда из театра «Такарадзука», верно? Предыдущее письмо Вы отправили от лица Ханако Ямады. Если Вы в следующий раз не придумаете что-нибудь пооригинальней, то дома меня заподозрят Бог знает в чем!

Я вскрыла Ваше письмо поздно ночью, когда муж и Киётака уснули. И тут мне вспомнилось то, о чем я писала Вам в одном из моих писем. А конкретнее, в том письме, которое я написала в ответ на Ваше послание, где Вы, не стесняясь, обстоятельно изложили подробности Вашей роковой встречи с Юкако Сэо в Майдзуру. Я пристала к Вам с настойчивой просьбой рассказать мне все до конца о Ваших отношениях с этой женщиной, потому что имела право знать об этом. В том же письме я в сердцах написала, что не успокоюсь, пока Вы не расскажете мне всю свою романтическую историю до конца. (В самом деле, прочитав Ваше письмо, я так рассердилась, что едва не порвала его!) Но что теперь говорить об этом... Когда же я внимательно перечитала Ваше третье письмо, то есть то письмо, где Вы описываете свою поразительную историю, я заметила, что там очень подробно изложены Ваши взаимоотношения с Юкако Сэо. Правда, последняя встреча с ней описана весьма скупо, однако перечитав вчера это письмо еще раз, я из подтекста все же смогла понять, что происходило между Вами и Юкако, начиная со встречи в универмаге вплоть до того ужасного происшествия, хотя Вы напрямую об этом не говорите. Но мне вполне хватило и того, что там написано. Упрек Юкако Сэо в том, что «Вы всегда уходите к себе домой», словно растопил кусок льда в моей душе. Я даже почувствовала к этой женщине нечто похожее на любовь. Хотя в данном случае это слово не вполне уместно. Она похитила у меня мужа, но я тоже женщина, и у меня возникло желание пожалеть ее, посочувствовать. Мне показалось, что теперь я смогла бы спокойно, мирно встретиться с ней. Сейчас я порой с большой тоской вспоминаю о женщине Юкако Сэо, как грущу о своих близких людях, которые уже не вернутся в наш мир... И в то же время в глубине моей души продолжают жить ревность и мстительная злоба. И еще: рассказ этой Рэйко, женщины, с которой Вы сейчас живете, о ее бабушке отчего-то запал мне в душу, причем не как сказка, а как жизненно правдивая история. Люди, лишившие жизни себя или других, уже никогда не возродятся в облике человека... Мне кажется, что эти слова заключают в себе страшную истину. Мне и самой непонятно, почему я восприняла этот рассказ как бесспорный факт. Принимая ванну, поливая на закате деревья в нашем саду, я все размышляла о том, почему слова бабушки Рэйко так глубоко врезались в мое сердце. А потом я вдруг все поняла. Да потому, что я мать ребенка по имени Киётака! Киётака тоже родился не вполне нормальным ребенком, хотя его проблемы совершенно другого рода. В придачу к дарованной жизни он получил свое несчастье, которое могло быть даже страшнее. Почему мой ребенок должен был появиться на свет с таким горьким грузом? Почему у той бабушки было всего четыре пальца? Почему одни родятся неграми, а другие — японцами? Почему у змей нет конечностей? Отчего вороны черные, а лебеди белые? Почему одни пышут здоровьем, а другие страдают болезнями? Почему одни родятся уродами, а другие — красавцами?.. Я, как женщина, родившая такого ребенка, хочу знать истинную причину существования в этом суровом мире нелепой несправедливости и неравенства. Но, видно, сколько ни бейся, ответа все одно не найдешь... Однако, читая про бабушку Рэйко, я вдруг задумалась. А что, если все ее россказни отнюдь не забавная сказка, а правда жизни?

Вспоминая о Юкако Сэо, Вы употребили слова «кармическая сущность». Потом, если я правильно поняла Вас, Вы написали о том, что между совершенным Вами Добром и Злом, что накрепко прилепились к Вашему двойнику, наблюдавшими за Вами, когда Вы умирали, и этой самой «кармической сущностью» существует некая связь. Я как-то совсем запуталась и не пойму, что к чему. Попробую хоть чуть-чуть разобраться в своей душе. Для этого я вынуждена коснуться темы, которой до сих пор избегала, — моих супружеских отношений с Соитиро Кацунумой. Кацунума не пьет спиртного, не увлекается теннисом, гольфом и вообще каким-либо спортом, не играет в азартные игры, в го и сёги. Мало того, музыка Моцарта для него — надоедливый, раздражающий шум, просто набор звуков. Думаю, струны его души могут петь лишь тогда, когда он читает свои малопонятные книги по истории. Через два года после нашей женитьбы, после рождения Киётаки, его повысили до доцента. И до этого к нам в дом заглядывали студенты, но теперь они стали ходить просто толпами, и юноши, и девушки. Почти все они посещали семинары доцента Кацунумы. Среди студентов была одна высокая, худощавая, немного холодноватая красивая девушка. Она всегда держалась нарочито неприветливо, явно кичилась своей внешностью, и у меня вызывала некоторую неприязнь. Однажды к нам, как всегда, с громкими воплями ввалилась шумная ватага студентов. Они сами залезли в

184

холодильник, будто у себя дома, достали пиво, сок и сыр и, окружив Кацунуму, начали галдеть о чем-то. Потом наступил вечер и все вдруг засобирались домой. Столпившись у двери, студенты принялись благодарить нас с мужем за теплый прием. Тут красивая студентка взглянула на Кацунуму и слегка улыбнулась. Я украдкой вгляделась в ее лицо — и увидела, как она говорит что-то одними глазами. Я быстро перевела глаза на мужа и ахнула в душе. Кацунума тоже говорил ей что-то глазами! Я сразу же поняла, что между ними что-то есть, какая-то взаимосвязь. Мои предчувствия, как правило, сбываются, однако в тот момент они были всего лишь предчувствиями, смутными предположениями. Прошло несколько месяцев. Секретарь отца — господин Окабэ — принес нам двух крупных морских окуней, которых собственноручно выловил в Вакаяме. (Вы же знаете, он страстный рыболов.) Одного окуня мы решили съесть сами, а другого подарить хозяевам «Моцарта», с которыми мы теперь стали родственниками. Я положила рыбину в виниловый пакет и вышла из дому. Я было пошла привычной дорогой, а обычно я хожу через жилой квартал, потом на втором перекрестке сворачиваю направо и выхожу к реке. Но тут я столкнулась с огромной бродячей собакой. Она стояла на дороге, высунув язык. Я испугалась и повернула обратно, решив пойти кружным путем, по неосвещенной улице, где мало кто ходит. Сделав несколько шагов, я вдруг увидела Кацунуму с той самой студенткой. Они обнимались, укрывшись в тени ворот какого-то особняка. В полном смятении я вернулась туда, откуда пришла, дрожа от страха, прокралась мимо собаки, добралась до «Моцарта», отдала хозяевам окуня и возвратилась домой. В тот вечер Кацунума вернулся поздно. Наверное, наобнимавшись совсем рядом с нашим домом, они потом направились куда-то еще. Может, на взморье, далеко-далеко за теннисный корт. Или в дом свиданий за станцией. Впрочем, меня это совершенно не тронуло. Ничто не шевельнулось в моей душе. Кацунума пришел, как ни в чем не бывало. Я встретила его так, словно ничего не случилось. Глупейшая ситуация. Оба они казались мне невыносимо грязными. Отношения между Кацунумой и той студенткой вульгарны и недостойны. Но тут же я хладнокровно подумала, что для меня Кацунума — никто, просто ничтожество. Я ведь вышла за него не по любви. Да и сейчас, после нескольких лет брака, так и не испытываю к нему чувств, хотя бы отдаленно напоминающих любовь. Не могу. Ну и пусть, будь, как будет, сказала я себе. У меня есть Киётака. Мой любимый, любимый ребенок, который родился таким несчастным! Ради него я и живу. Эта мысль словно пронзила меня.

С тех пор прошло почти семь лет. Отношения между моим супругом и той студенткой, которая уже закончила университет, все еще продолжаются. Я прекрасно знаю об этом, но ни разу ни словом не обмолвилась. Не касаюсь этой темы. Только иногда где-то в глубине памяти мелькнет тень Кацунумы, обнимающего на темной дороге женщину, похожую на лисицу-оборотня... Но это не люди, это грязь, принявшая форму человеческих тел, думаю я. И видения мгновенно исчезают. Иногда Кацунума делает попытки обнять меня в спальне. Но я уворачиваюсь, под любым предлогом избегая супружеских ласк. Например, говорю, что мне показалось, будто Киётака вскрикнул во сне, нужно сходить посмотреть, что с ним. Или что сегодня с Киётакой было ужасно трудно, и я устала. Но больше об этом мне писать не хочется. Вот бы все удивились, если бы знали, что с того дня, как я увидела Кацунуму с той студенткой, я ни разу не пришла к нему в постель. Ни одного раза за семь лет. Муж, видимо, догадался, что мне все известно. Разговора на эту тему не было, но я поняла, что он знает. Не сговариваясь, мы оба ведем себя так, будто ничего такого не происходит. Вот так и живем.

Вернемся, однако, к фразе «кармическая сущность». Мне кажется, я поняла ее смысл. Это непростая фраза. В ней есть некая суровая закономерность. Взять, к примеру, меня: за кого бы я ни вышла замуж, мужа непременно похитит другая женщина. Вот такая кармическая предопределенность. Я почти уверена в том, что все было бы точно так же, расстанься я с Кацунумой и выйди замуж в третий раз, за нового мужчину. Прочитав в Вашем письме о существовании некой связи между этой самой «кармической сущностью» и совершенными в жизни

Добром и Злом, я подумала: возможно, я потеряла Вас, а Кацунума отдал сердце другой женщине именно потому, что такова моя карма. Но, может, это слишком эгоистично — делать подобные выводы? Наверное, прежде, чем рассуждать о карме, мне следовало бы взглянуть на себя со стороны как на женщину... Может, во мне что-то не так — как в женщине, как жене?! Не хватает чувственности? Покладистости? Может, Вам это известно? Прошу Вас, скажите без всякого стеснения!

Кажется, вернулся отец. На сей раз он пробыл в Токио очень долго. Наверное, сильно устал. Он еще несколько лет назад догадался, что у Кацунумы есть женщина. Это не я ему рассказала, просто он очень проницательный человек. Я Вам еще напишу. Да, забыла сказать вот еще что. Меня переполняли милые, дорогие моему сердцу воспоминания, когда я читала о том, что Вы наговорили Рэйко-сан в пьяном виде. Еще до нашего брака мы часто ссорились по пустякам. В таких случаях Вы всегда заявляли мне: «Не люблю, терпеть тебя не могу!» На что я, самовлюбленная девчонка, говорила себе: «Ерунда! Это всего лишь слова. На самом деле он любит, любит меня до безумия!» — и продолжала упрямиться. «Терпеть тебя не могу!» Рэйко-сан — она молодец, раз может заставить Вас произнести такие слова!

Аки Кацунума

18 августа

Госпожа Аки Кацунума!

Прежде всего отвечу на Ваш вопрос. Для меня Вы всегда были невероятно привлекательной женщиной. Вы были просто очаровательны, когда мы были любовниками, и не утратили свого обаяния и в замужестве. Понятно, что в постели Вы не были столь искушены, как профессиональные жрицы любви, но это с лихвой восполнялось Вашей прелестью и непосредственностью. Когда я переходил известные границы, Вы тоже подавляли в себе стыдливость и позволяли себе в ответ довольно дерзкие выходки. Так что как женщина Вы меня полностью устраивали. Пожалуй, будь Вы чуть более чувственной и сексуальной, мне бы, как мужу, пожалуй, пришлось бы поволноваться. Кроме того, Вы были на редкость искренни. Вспоминая Вас, могу сказать, что это отнюдь не комплимент, а истинная правда. Отец Вас страшно избаловал, и Вы бывали такой своенравной, упрямой, что мне порой хотелось влепить Вам хорошую оплеуху, но стоило погладить Вас по головке, как Вы становились буквально шелковой. Так что Ваши капризы лишь прибавляли Вам шарма. Но

189

такой знал Вас я, а как Вы ведете себя с Вашим новым супругом, я не имею представления. Что касается мужских измен, то это инстинкт, с которым ничего нельзя поделать. Так уж мы устроены. Любая женщина, наверное, возмутится таким мужским эгоизмом, но это действительно так. Сколь бы красивой и любимой ни была жена, при всяком удобном случае любой мужчина, скорее всего, способен переспать с другой женщиной. Но это совершенно не влияет на его любовь к жене. Впрочем, так категорично, наверное, нельзя утверждать. Сейчас я немного переформулирую эту мысль. Встречаются и такие мужчины, что, увлекшись, бросают семью. Однако в целом высказанное выше суждение о мужской ветрености верно. Больше распространяться об этом не буду, чтобы у Вас не создалось впечатление, будто я пытаюсь найти себе оправдание.

А теперь расскажу, как жил в последнее время. Короче, поработав после длительного перерыва, я несколько подустал. К тому же произошла довольно неприятная история — об этом напишу потом. Двое суток я занимался подготовкой рекламной листовки и спал лишь урывками, иначе мы просто не успели бы к сроку. Название придумали для листовки такое: «Клуб красоты». На что-то пооригинальнее просто времени не хватило. Заглавие, конечно, довольно дурацкое, но ничего другого просто в голову не пришло, а без заглавия дело не двигалось. На второй полосе, в соответствии с придуманным Рэйко образцом, мы поместили информацию о том, как надо правильно мыть голову в домашних условиях, на третьей — кое-какие правила акупунктуры, которые я передрал с приобретенного справочника «Курс акупунктуры в домашних условиях», переписав своими словами. В противном случае нас могли обвинить в плагиате. А вот над четвертой страничкой пришлось здорово поломать голову. Сколько ни бились, ничего толкового придумать не могли. В итоге я решил — черт бы с ней, помещу то, что есть, — и выбрал несколько анекдотов из мировой истории, которые почерпнул в «Занимательной энциклопедии», тоже переписав их по-своему. Сюда же прекрасно вписались несколько загадок и головоломок из сборника, который я приобрел в дополнение к прежним. Пришлось довести это дело до конца — пойти в типографию, чтобы обсудить детали заказа, в частности оригинал-макет. Рэйко где-то раздобыла на время старенькую легковушку и попросила меня повозить ее по салонам, пока будет печататься наш заказ. Водительские права у меня есть, но я уже лет пять как не садился за руль. Рэйко взяла карту Осаки, несколько пробных оттисков листовки и сказала: «Поехали!» Она сообщила мне, что на сей раз в порядке исключения уговорила хозяина типографии напечатать на пробу только двадцать тысяч экземпляров. И один экземпляр обойдется нам в 10 иен. Так что с хозяев наших восемнадцати салонов мы получим совсем гроши. Поэтому до выпуска продукции, то есть до конца месяца, надо бы еще поискать желающих заключить с нами контракт. В тот день мы колесили главным образом по району Икуно. Заприметив салон красоты, Рэйко попросила меня остановиться и зашла в заведение. Я ждал ее битый час и уже думал, что дело на мази. Но Рэйко вышла с разочарованным видом. «Не получилось», — сказала она. Из следующего салона ее попросили уже через две минуты. Так мы объехали салонов пять, но ни в одном не захотели подписываться на листовку. Жарища стояла просто чудовищная, а наша развалюха кондиционера не видела, что называется, отродясь. Пот лился с меня ручьями. Откинувшись на раскаленное водительское кресло, я прорычал, что с меня довольно. Но Рэйко даже слушать меня не стала, заявив, что сегодня она не поедет домой, пока не подпишет хотя бы один контракт. Когда мы перекусили в первой попавшейся на пути столовой, Рэйко, встав из-за стола, сразу сунула мне в руки ключи от машины и завела свое: «Поехали!» Я предложил хоть немного передохнуть, ведь после еды вредно сразу садиться за руль, но она не унималась. «Я напою Вас холодным кофе», — сказала она и потащила меня в соседнее кафе. Еще не успели принести заказанный кофе, как Рэйко опять насела: «Пейте быстрее! Пейте быстрее!» Я нарочно стал пить медленно, маленькими глотками. «Ты что, издеваешься надо мной? — жалобно проборматала Рэйко, уставившись мне в грудь своими круглыми глазами. — Я просто из сил выби-

ваюсь, а ты ни капельки ни сочувствуешь...» «Это
я-то не сочувствую? — взвился я. — Разве не я, под-
давшись на твои уговоры, пашу, как вол? Не я ли
сидел двое суток над макетом для рекламной листовки? Не я ли договаривался с хозяином типографии, все ему растолковал? Таскаю тебя по всему
городу на этой дымящейся колымаге, которую ты
невесть где откопала! Да она еле тащится! Жара такая, что просто свариться можно, но я не жалуюсь!
Ни слова тебе не сказал...» Жалобная физиономия
Рэйко вдруг расплылась в улыбке, черные глаза за-
бегали, и она захихикала, забавно сморщив свой круг-
лый нос. (Из-за этого носа ее никак нельзя назвать
красавицей, и все же он придает ей какое-то добро-
душное обаяние.) «Что тут смешного?» — осведомился я. На это Рэйко сказала: «Так ради этого момента
я и кормила тебя целый год!» И залилась смехом, за-
жав кончиками пальцев краешки рта. Я было разозлился, но потом мне и самому стало смешно. Да-а,
попал, подумал я и спросил Рэйко, действительно
ли она ради этого прожила со мной целый год. Рэйко резко оборвала смех и сказала: «Ты что, подумал,
я это серьезно? Конечно, я пошутила! Мне хотелось
пустить скопленные деньги на какое-нибудь полез-
ное дело, но я не знала, чем бы заняться. Прошло
много лет. Мне исполнилось двадцать семь, а я все
была не замужем. Я стала жить с тобой и наблюдать,
как ты бездельничаешь изо дня в день. И поняла: пора
что-то делать! Но каким делом можно заняться на

четыре миллиона двести тысяч иен, да так, чтобы оно нас кормило? Я подумала, что нужно заняться таким бизнесом, в который включился бы ты». Рэйко произнесла все это в своей привычной наивно-флегматичной манере, а потом, помедлив, спросила: «А что это у тебя за раны на шее и на груди?» Я упорно молчал. «Значит, не хочешь сказать...» — вздохнула она, потом поднялась, заплатила по счету и встала у выхода, дожидаясь меня.

Мы сели в машину и поехали дальше. Когда мы выбрались на забитое машинами шоссе, я вдруг сообразил, что находимся совсем неподалеку от места, где я когда-то жил. Дядя взял меня к себе в дом в квартале Икуно, там и прошли мои школьные годы. Он даже дал мне возможность поступить в университет. Правда, три года назад дядя скончался, и сейчас совсем уже старенькая тетя живет там вместе с сыном — банковским клерком, его женой и тремя внуками. Сын старше меня на три года. Тетя больше всех переживала, когда мы с Вами расстались. Она относилась ко мне, как к собственному ребенку. И вот мы рядом с ее домом. Я вдруг расчувствовался. Я поработал в разных компаниях, но нигде не преуспел, занимался разным бизнесом, но из этого тоже ничего хорошего не получилось. Тайком от всех тетя одолжила мне около 600 тысяч иен, а я до сих пор не вернул ей долг. Мало того, я пропал на два с лишним года. Не только не заглянул к ней, даже не позвонил ни разу. Тетя уже в возрасте, и эти деньги копила на старость. А я пропал, не вернув ей долг, просто исчез с горизонта. Я сказал Рэйко, что когда-то жил в этой округе. Я впервые рассказал ей что-то о своем прошлом. Тут я вдруг вспомнил, что одна моя одноклассница держит здесь салон красоты, который она унаследовала от родителей. И подумал — а вдруг она согласится подписаться на рекламный листок, если я ее попрошу? Но тут же я испугался, что если я появлюсь у нее, то она проболтается тете. От ее салона до тетиного дома от силы минут десять ходьбы, это один квартал. С другой стороны, мне хотелось скорее освободиться от Рэйко, которая не желала возвращаться домой без контракта. И еще мне хотелось как-то утешить, порадовать Рэйко, которая, обливаясь потом, кланяется хозяйкам салонов.

Проехав мимо родной школы, я припарковал машину перед торговой улицей, взял у Рэйко бумажный конверт с наспех сделанным образцом нашей листовки и бланком контракта, сказал, что попробую поговорить с одной приятельницей, хоть и не уверен в успехе, и направился к салону. Вообще-то женский салон красоты — это такое место, куда мужчине зайти просто неудобно. Я заглянул в окно и увидел свою одноклассницу, которая за эти годы превратилась в солидную тетку. Она стояла у входа и с озабоченным видом что-то втолковывала своим работницам. Я же все ходил взад-вперед перед довольно большим салоном, не решаясь войти внутрь. В итоге совсем отчаялся и уже собрался возвращаться к машине, как вдруг услышал за спиной: «Господин Арима!» Оглянувшись, я увидел хозяйку салона, выглядывавшую из стеклянной двери. Она узнала меня и, заметив, что я в нерешительности болтаюсь у ее дверей, вышла спросить, что случилось. Я сказал, что пришел с небольшой просьбой, но так и не осмелился зайти в салон красоты. Вообще-то последний раз я видел ее примерно через год после нашей свадьбы, на вечере встречи нашего класса. Тем не менее она сказала, что сразу меня узнала и очень рада. Пригласив меня в салон, она спросила, что у меня за просьба. Я сел на диван для клиенток, достал образец листовки. Правда, я решил немножко приврать, заявив, что занимаюсь этим бизнесом уже целых три года. Я подумал, что если честно признаться, что мы новички, то доверия к нашей листовке не будет. Хозяйка долго, внимательно разглядывала образец, потом спросила, действительно ли мы неукоснительно соблюдаем принцип «один район — один салон». Я показал ей карту. Ваш салон охватывает клиентов во-от этого района, сказал я, ткнув в карту пальцем. И добавил, что если мы заключим с ней контракт, то ни с каким другим заведением во всем этом районе дела иметь не будем. «Значит, один экземпляр будет стоить двадцать иен...» — задумчиво протянула она. Указав на висевшую у дверей табличку с расценками, я заметил, что каждый салон делает все возможное для своих клиентов, но если в ее салоне будет к тому же ежемесячный бюллетень, то ее посетители сразу увидят, что к ним здесь больше внимания, и оценят это. «Клиенты выкладывают в салоне по пять-шесть тысяч иен. А Вы можете отблагодарить их за это, даря листовку ценой всего в двадцать иен! Это же просто даром! В рамочке на обложке обязательно будет стоять название салона и имя владельца, а потому клиенты, даже не подозревая, что им подсунули стандартную продукцию, непременно просмотрят листовку. Для этого-то мы и придерживаемся неукоснительного принципа "один район — один салон". В регионе Кансай сто двадцать салонов уже в течение двух лет ежемесячно берут нашу продукцию...» В отчаянии я плел, что ни попадя, все, что в голову приходило. Она спросила, а как мы каждый месяц доставляем в салоны продукцию. Ведь если получать ее по почте, то листовка обойдется дороже, чем четыре тысячи иен. Я вдруг растерялся, не зная, что и сказать. Ведь если доставку по почте мы возьмем на себя, то прибыль наша значительно сократится, а если это дело повесить на заказчиков, то повысится стоимость листовки, и от нашей продукции просто откажутся. Этот вопрос мы с Рэйко еще не успели обсудить. И тут я вдруг брякнул, что продукцию мы развозим по заведениям на машине, в конце каждого месяца. Привозим прямо на место, отдаем листовки и сразу же получаем деньги, вот такая система. И тут хозяйка вдруг говорит: «Ну что ж, давайте подпишем контракт!» Она принялась заполнять бланк заказа. Вписала туда адрес, название, номер телефона, имя, поставила печать — и вдруг заметила: «Только мне, пожалуй, двухсот экземпляров будет мало. Мне нужно шестьсот. Но на первый раз возьму для пробы четыреста». Заполнив бланк, хозяйка спросила, вправе ли она в любой момент расторгнуть контракт, если увидит, что от листовки особого проку нет. Тут я опять завел свое: мол, это, конечно же, Ваше право, но если Вы будете работать с нами достаточно долго, со временем это дело может стать «вывеской» заведения. Именно потому сто двадцать салонов уже два года берут нашу листовку... Покончив с деловой частью беседы, хозяйка попросила свою подчиненную принести нам холодного сока и завела нескончаемую ностальгическую беседу об общих знакомых. Тот-то из класса «А» сейчас работает сыщиком в полицейском управлении, а такая-то из класса «Б» вышла замуж и родила ребенка, но на следующий год умерла от рака груди... Она все говорила и говорила. Мне не сиделось на месте, так и подмывало вскочить и броситься к Рэйко, все ей рассказать. Но встать и уйти было невежливо. Все же моя одноклассница подписала контракт на четыреста экземпляров и обещала в следующий раз взять аж шестьсот, если будут хорошие отзывы. Так что я не мог сказать «до свидания». Пришлось слушать ее битый час.

Когда я вернулся к машине, Рэйко уже явно нервничала. Я молча выложил перед ее носом заполненный бланк. «Четыреста экземпляров?» — пробормотала Рэйко и прижала бланк к груди. «Ну теперь-то ты меня отпусти!» — проворчал я, выводя нашу колымагу на государственное шоссе. Рэйко, сияя глазами, все расспрашивала, что я там говорил. Я изложил в подробностях, что говорил я, о чем спрашивала хозяйка салона — ну и так далее... «Все-таки ты — великий человек! — восхищенно сказала Рэйко. — А я всего-навсего женщина... Я так здорово соображать не могу». Чтобы слегка остудить ее, я напомнил, что пошел на это только сегодня. Мне поскорее хотелось домой, вот я и заключил контракт. Но дальше — сама. Меня это больше не касается. «Хорошо, но в конце месяца это ведь ты будешь развозить листовки?» — небрежно бросила Рэйко, как о решенном деле. Вообще-то она собиралась рассылать их по почте. Она наводила справки, и в почтовом отделении ей сказали, что доставка двухсот экземпляров обойдется ей примерно в триста иен. «В тех салонах, где я была, речь о доставке по почте шла отдельно. Но когда разговор зайдет о цене, то четыре тысячи плюс триста иен за доставку — это уже совершенно иной расклад. Вообще триста иен — пустяковая сумма, но когда ее нужно платить, воспринимается совершенно иначе. Да, лучше развозить на машине. Бензин обойдется не так уж дорого, да и на клиентов такой сервис произведет благоприятное впечатление. Здорово у тебя голова работает!» Теперь я полностью на крючке у Рэйко... Что называется, вляпался! Сам не знаю, как это вышло, —

с этого дня я стал возить Рэйко по салонам красоты, чтобы рекламировать нашу продукцию.

В типографии изготовили двести тысяч экземпляров, и сразу же навалилась другая работа. К тому дню, когда пора было впечатывать с других матриц в пустые прямоугольники названия салонов и номера телефонов, Рэйко заключила контракт еще с семью салонами. Таким образом, число заказчиков возросло до двадцати шести. Правда, мы пока все равно были в убытке, но Рэйко просто светилась от радости. Да, заказчиков-то у нас было всего двадцать шесть, а вот разбросаны они от Киото до Кобэ, и все же мы успели доставить все заказы до восьми вечера.

Рэйко повела меня в соседний ресторан, напоила пивом и накормила бифштексом. Именно накормила, иначе не скажешь. Это было что-то вроде конфетки ребенку за примерное поведение. Домой мы вернулись в разном состоянии: Рэйко бодрая и воодушевленная, я — усталый и измотанный.

Три следующих дня я пролодырничал дома. На четвертый день, вечером, мы с Рэйко отправились в баню. Дом, где мы живем, совсем старый, и в квартире нет ванны. После бани зашли в кафешку. Выпили холодного сока и направились домой. Перед домом стояла белая легковушка. Парень, сидевший на водительском месте, уставился на меня. Когда наши глаза встретились, он поспешно отвел взгляд в сторону. Меня неприятно зацепил этот косой взгляд и вообще весь вид этого типа. Тем не менее я открыл дверь и стал подниматься по лестнице. У меня было какое-то нехорошее предчувствие. Перед дверью нашей квартиры стоял еще один тип, в охотничьей шляпе с каким-то нелепым узором в виде красных горошков, и вообще вид у парня был совершенно уголовный. И тут до меня дошло. Когда обанкротилась моя последняя фирма, я постарался подчистить все, привести все бумаги в порядок, чтобы потом не попасть в неприятную ситуацию. Но один документ я так и не смог вернуть, куда-то уплыл тот самый фальшивый вексель. Это было трехмесячное долговое обязательство на сумму в 986 тысяч иен. Я попытался вернуть его, но не сумел, бумага куда-то исчезла. Едва взглянув на парня, подпиравшего нашу дверь, я сразу понял, откуда ветер дует. Всплыл мой вексель!

«Господин Арима?» — осведомился тип. Я утвердительно кивнул. Тогда он сказал, что у него ко мне дельце, и попросил впустить его в дом. Разумеется, все это он изложил, характерно растягивая слова на какой-то блатной манер. Я сказал, что квартира не моя, так что, если ему хочется поговорить, поговорим в другом месте. На это парень ответил, что можно прямо и здесь, но не хочу же я побеспокоить соседей? Постукав носком ботинка о дверь, он добавил, что торчит здесь уже два часа и вообще, не хочется громко кричать, но наверно, придется... Я велел Рэйко, чтобы она погуляла где-то часок, но парень сказал, что лучше бы и жене присутствовать при беседе.

201

В голосе у него зазвучали стальные нотки, он злобно смотрел на меня. Мне хорошо знаком этот вымогательский трюк, просто до омерзения. Я впустил парня в комнату. Он снял свою дурацкую шляпу, уселся на татами, скрестив ноги, потом извлек из кармана черного пиджака бумагу и положил ее передо мной. Это был тот самый вексель на сумму в 986 тысяч иен, с моей личной печатью. Я сказал, чтобы он имел в виду, что присутствующая здесь женщина не приходится мне женой и не связана со мной родственными узами. «Вот так? — протянул парень и добавил: — Но живете-то вы вместе!» Тут он снял и пиджак. Под ним оказалась фиолетовая рубашка, настолько тонкая, что сквозь нее просвечивало тело. Потом расстегнул пуговицы почти до пупа, будто нарочно выставив напоказ свою грудь, поросшую волосами. Волосы были мокрыми от пота. На спине у парня красовались татуировки. Видимо, он специально надел просвечивающую рубашку, чтобы произвести впечатление. Да-а, явно не солидный человек, подумал я. Так, шпана какая-то. Однако иногда и шпана может быть страшной. Завидев татуировку, Рэйко мертвенно побледнела.

«Знакомый векселек?» — поинтересовался парень. Потом заявил, что тоже крутит кое-какой бизнес, и вот однажды, когда он пришел к одному должничку, тот всучил ему вместо денег вот эту липу. Думал потом содрать с него деньги, но вот незадача, должничок тот возьми да помри. Оставил после себя

202

только пару монет. Вот и пришлось искать человека по имени Арима, чья печать стоит на документе. Полгода ухлопал, чтобы меня найти...

Все вымогатели говорят одно и то же. В этом нет никакой логики, так что на меня эти штучки не действуют. Я только коротко сказал, что денег у меня нет. Парень аж взвился: «Нет?! Ну это у тебя не прокатит! Так дела не делаются!» Я отпарировал, что на нет и суда нет, но парень не унимался: «А ты пораскинь мозгами — что для тебя важнее, жизнь или кошелек. Да и не твоя только жизнь-то...» В его голосе зазвучала угроза. При этом он метнул взгляд на сидевшую рядом со мной Рэйко. Ее била дрожь. Тогда я предложил ему пожаловаться в суд. Парень только хмыкнул: «Можно тебя, конечно, легавам сдать, но тогда я вообще в пролете. Ты, вообще, понял, кто я, козел?! Вякни только, чтобы я нес твою "липу" в суд, — сразу рыбам на корм пойдешь! В Ёдогаве уже лежит на дне с пяток покойничков! Они-то уж знают, что за такое бывает!..» Видя, что Рэйко дрожит все сильнее, я решился: делать нечего, забирай мою жизнь. Тут я вдруг почувствовал, что мне все едино — умру я или нет. Мне все опостылело.

У парня кровь отлила от лица. Рэйко вскочила, достала из шкафа пакет с миллионом иен (она получила назад свой вклад с какими-то процентами) и положила его перед парнем. Я успел схватить пакет первым и швырнул его на колени Рэйко. «Это твои деньги! — сказал я ей. — Не смей этого делать!»

203

Парень поднялся. «Ладно. Вы тут, того, посовещайтесь. Даю вам время. Мне все равно, кто заплатит. Монеты — они и есть монеты. Но завтра снова приду. Я свое все одно возьму — либо жизнь, либо кошелек!» И с этими словами вышел из комнаты.

Я попросил Рэйко не беспокоиться. Завтра меня здесь уже не будет. Я не вернусь. Даже такие подонки не посмеют взять деньги у женщины, которая мне не жена. «Если завтра эти типы опять заявятся и будут тебе угрожать, немедленно сообщи в полицию. Они поджимают хвост, когда их жертвы дают им отпор потому, что боятся полиции. Только грозить горазды. А сделать-то ничего не сделают. Будут потихоньку давить на психику — заявляться в четыре утра, осаждать чуть ли не каждый день по целому месяцу — потом вдруг исчезнут. Только человек спокойно вздохнет — снова начнут его мучить... Даже когда я уйду, они все равно помотают нервы, но вряд ли тронут...» — утешал я Рэйко, а у самого на душе кошки скребли. Это ведь все-таки шпана, непрогнозируемые идиоты. Они знают, что у Рэйко есть деньги. Как бы они не начали угрожать уже ей, когда я исчезну... Мне смертельно надоело бегать от кого-то, но я знал, что иного выхода нет. Но почему из-за меня должна страдать Рэйко? Почему она должна выбрасывать на ветер деньги, которые дались ей с таким трудом, которые она скопила, десять лет простояв за кассой в продовольственном отделе супермаркета, лишая себя всего, чего ей хотелось?..

Ну вот, пробил час. Это повод расстаться с Рэйко. Все женщины, что были в моей жизни — и Вы, и Юкако, и теперь Рэйко — все страдали из-за меня. А-а, будь что будет, решил я. Я помню то странное чувство покоя, что я испытал, решив развестись с Вами. Но на сей раз покоя не было — только жуткая, страшная пустота в душе...

«Я заплачу! Подумаешь, миллион иен, это же пустяки!» — обливаясь слезами, твердила Рэйко. Я попросил ее не делать глупостей. Мне уже все равно. «Я законченный неудачник. Мне никогда не везет. Будешь с таким мужчиной, как я, сама покатишься вниз», — сказал я, расстелил футон, погасил свет и лег. «Бери мою жизнь!..» — сказал я тому прощелыге. Я вновь почувствовал, что эти слова шли из самого сердца. Я помнил, что ощущал тогда, — чудовищное напряжение и чудовищную опустошенность. Да, я готов умереть. Я еще раз повторил это себе, лежа с закрытыми глазами. В ту ночь мне приснились Вы. Короткий сон, но он врезался мне в память. Вы прошли через лесок в Докконуме и поднимаетесь вверх по склону. Я изо всех сил пытаюсь догнать Вас, но не могу. Вы смеетесь и машете мне рукой, призывая поторопиться. Я веду за руку девочку, которая как две капли воды похожа на Вас. Девочке лет пять-шесть. Вот такой мимолетный сон...

Наутро, часов в десять, я кое-как запихнул свои вещи в саквояж и вышел из дома. Рэйко меня не удерживала. Она неподвижно сидела за кухонным столом, повернувшись ко мне спиной. Не обернулась даже тогда, когда я выходил из двери. Я же просто не представлял, куда мне теперь податься. К тете в Икуно я пойти не мог. Я пока не вернул ей долг в 600 тысяч иен. Ну с какими глазами я туда заявлюсь?! Тут я вспомнил, что у меня есть дружок со школьной скамьи по фамилии Окума. Он учился в университете в Киото, после окончания так и остался там на медицинском факультете. Окума до сих пор холост, его интересует только наука — он ведет исследования в области онкологии. Когда-то, расставшись с очередной женщиной, я две недели прожил у него, кроме того, мне доводилось скрываться у Окумы от вымогателей. Я позвонил в университет из таксофона и попросил Окуму. Когда я спросил, могу ли я немного пожить у него, он вообразил, что меня опять выгнала женщина. Окума сказал, чтобы в шесть вечера я ждал его у Государственного музея изобразительных искусств в Киото, и торопливо повесил трубку. При личных встречах он водит меня из одного кабака в другой, никак не хочет меня отпускать. А вот по телефону — совсем другой человек, никогда нормально не поговорит.

Но сначала я собирался заехать в Умэду. Я пошел пешком, однако прохода не было, шлагбаум как раз опускался. Я стоял под палящим солнцем и смотрел на приближавшуюся электричку. Ага, вот и поезд, подумал я. Все ближе и ближе. Вот сейчас он на бешеной скорости промчится мимо. Не знаю, почему я об этом подумал, но при этой мысли у меня заколотилось сердце, показалось, будто кровь с гулом отлила от моей головы, вся устремившись в ноги. Электричка была уже совсем близко. Я зажмурился и стиснул зубы. Поезд промчался мимо, шлагбаум поднялся. Все вокруг — и машины, и люди — пришло в движение. Тут я заметил, что застыл, крепко вцепившись в багажник стоящего передо мной велосипеда. Видимо, я вцепился в него бессознательно. В те минуты, что пролетели с момента появления электрички и до того, как она прогрохотала мимо, во мне происходила какая-то напряженная борьба. Я остановил такси и попросил отвезти меня в Умэду. В такси работал кондиционер, и было, пожалуй, даже холодно, но мое тело все время покрывалось испариной, я потел и потел. После той истории в Киото, то есть все эти десять лет, я ни разу не думал о смерти — даже в минуты отчаяния, когда мир вокруг рушился. Но когда появился этот мелкий бандит и предъявил мне мой вексель, пугая меня своими совершенно нелепыми и нестрашными угрозами, когда я увидел трясущуюся от страха Рэйко, я ощутил нечто такое, что хуже отчаяния, хуже разочарования: я словно погружался в черную-черную яму, в которой не было дна. Тогда я подумал: лучше умереть, ну зачем я живу? Я дошел до того, что вынуждаю Рэйко бросить на ветер деньги, которые нужны ей как кровь. Есть ли на свете что-то, что могло бы переменить мою жизнь?..

В Умэде я сел на электричку линии Ханкю. Вышел в Каварамати и смешался с толпой. Вскоре впереди замаячило здание универмага, в котором работала Юкако. Я зашел в кинотеатр. Крутили какой-то оглушительно громкий иностранный фильм, в котором обнаженная красотка и непобедимый шпион то обнимались, то убегали от преследователей. Из кинотеатра я вышел в пятом часу, до встречи с Окумой оставалось еще часа два. От кинотеатра до места встречи довольно далеко, но мне нужно было как-то убить время, и я не придумал ничего лучше, как пойти пешком к Государственному музею изобразительных искусств. Еще пекло, хотя солнечный свет уже начал приобретать красноватый оттенок, и я зашел в первое попавшееся кафе. Я уселся на стул, закрыл глаза и, похоже, задремал. Когда я открыл глаза и взглянул на часы, то понял, что я не задремал, а уснул как убитый и проспал почти два часа. Я поспешно вышел из кафе. У входа в музей, на площадке, посыпанной мелким гравием, уже топтался Окума. «Я явился в пять тридцать и дожидаюсь тебя битый час!» — сказал он. Мы направились в ближайший ресторанчик, куда Окума иногда заходит пропустить стаканчик. Он сказал, что у него сегодня как раз получка и что он угощает, тем более что у меня и денег-то, скорей всего, нет. Мы заказали по большой кружке бочкового пива и несколько рыбных блюд. Из дома я вышел в рубашке с короткими рукавами и в пиджаке, но в такси пиджак снял и теперь держал его в руках. Хозяйка ресторана предложила повесить пиджак на плечики, и я протянул его ей. В этот момент из внутреннего кармана неожиданно высунулся уголок конверта. Я с удивлением открыл его и увидел там пачку купюр — десять бумажек по десять тысяч каждая. Это Рэйко тайком сунула мне конверт с деньгами во внутренний карман пиджака. Я переложил конверт в задний карман брюк и застегнул его на пуговицу, чтобы не потерять. Выпив, Окума, как обычно, начал болтать без умолку. Сначала он рассуждал о каком-то борце сумо, говорил, что на следующем турнире он наверняка получит второй высший ранг, потом переключился на бейсбол, и рассказал, что один парень из какой-то школы высшей ступени на будущий год войдет в известную команду нападающим, что здесь крутится миллион незаконных денег, — в общем, нес какую-то чепуху. А потом, намочив кончик палочки для еды в кружке пива, принялся чертить на стойке малопонятные математические и химические формулы, объясняя мне существующие в мире теории, касающиеся его специальности — лечения раковых заболеваний. Он сказал: «Рак — это ты сам». Я не понял, что он имеет в виду, и Окума пояснил, что по его мнению, рак проникает в организм не извне, а зарождается внутри самого человека, возникает из человеческой плоти. Раковая опухоль отличается от нормальных тканей, но это не чужеродное тело. Это «нечто», что изначально присутствует в организме, но потом перерождается и разрастается, отравляя организм продуктами своего распада. У него уже заплетался язык, но он продолжал: «Самый быстрый способ убить рак — это умереть самому!» Я не понял, всерьез он это сказал или нет. Разглагольствуя, Окума беспрестанно поглаживал свою заросшую щетиной физиономию. Закончив свой монолог, Окума поднялся и попросил счет. Потом мы побывали еще в трех барах. Когда мы ввалились в третье заведение, Окума уже едва держался на ногах, я же по-прежнему был трезв как стеклышко. Алкоголь меня не брал.

Часы показывали девять. Возможно, что этот тип с татуированной спиной вот-вот заявится к Рэйко. А может, он давно уже сидит у нее и продолжает запугивать? При этой мысли мне сделалось тошно. После некоторых колебаний я все же подошел к красному телефонному аппарату, стоявшему на стойке бара, и набрал номер Рэйко. До недавнего времени у Рэйко не было телефона, и в случае необходимости приходилось просить управляющего, чтобы тот подозвал ее. Но, заведя свое дело, Рэйко сказала, что ей просто необходим телефон, и неделю назад подала заявку, после чего ей поставили аппарат в квартире.

В трубке раздался голос Рэйко. Поняв, что это я, она не дала мне слова сказать и сразу принялась умолять вернуться. Этот тип пришел к ней в восемь вечера, сказала она. И она уплатила ему нужную сумму, забрав у него вексель. Плачущим голосом Рэйко проговорила, что теперь-то вся эта история закончилась, и снова попросила меня вернуться. Я сказал, что в данный момент нахожусь в Киото. «Без тебя я не могу продолжать работу!» — закричала Рэйко и разрыдалась уже в голос, но все же добавила, что пора готовить следующую листовку, а также искать новых заказчиков. Потом, слегка успокоившись, сказала: «Без тебя я бы не затеяла это дело. Я придумала это все ради тебя! Я плохо разбираюсь в таких вещах, так что подумай, каких трудов мне это стоило! На нашем бизнесе я очень скоро верну свой миллион. Если ты все же решил расстаться со мной, то помоги мне хотя бы заработать эти 986 тысяч, а уж потом уходи. Если ты мне не поможешь, то поступишь, как настоящий грабитель!» Я выразил ей благодарность и сказал, что вернусь, но, может, сначала истрачу эти сто тысяч иен, что она мне положила в конверт. «Хорошо, трать, истрать хоть все сегодня же вечером, но только поскорее вернись, умоляю тебя», — закончила Рэйко. Тут она смолкла, затаив дыхание, дожидаясь, что я отвечу. Мне вдруг передалось ее состояние. Я сказал, что приеду завтра, после обеда, — и положил трубку. Тут же меня охватили сомнения. А если она нарочно договорилась с тем типом, и они разыграли спектакль, как по нотам? Может, она решила меня удержать таким образом? Потом мне опротивело даже думать. Я посмотрел на Окуму и увидел, что он уткнулся в стол и что-то бессвязно бормочет. Я похлопал его

211

по спине и громко сказал, что ухожу. «Ну и иди себе куда хочешь!» — сердито ответил он заплетающимся языком, глядя куда-то в сторону.

Я вышел на улицу и остановил такси. Попросил водителя отвезти меня в гостиницу «Киёнокэ» в квартал Арасияма. При мысли о том, что с завтрашнего дня снова нужно батрачить на Рэйко, мне стало смешно. Не могу сказать, что мне всерьез захотелось заняться ее бизнесом, но я понял, что просто обязан отработать те деньги, что она отдала за вексель. Ну и хитра! Тут я вспомнил ее физиономию, когда она, хихикая, заявила, что для того и кормила меня целый год. Потом она оговорилась, что, дескать, пошутила, но, может, это отнюдь не шутка!.. Может, Рэйко действительно сделала то, что хотела сделать... И тут меня разобрал смех. Увидев, что я хохочу, водитель спросил: «Вспомнили что-то смешное?» «Меня провела одна женщина, — ответил я. — Просто мастерски одурачила!» На что водитель заметил: «Женщины — они ведь оборотни!» — и, поглядев на меня в зеркало заднего вида, тоже засмеялся.

В гостинице «Киёнокэ» я сказал, что хотел бы остановиться в номере «Колокольчик», на втором этаже, — если он свободен. При этом я пояснил, что однажды уже снимал этот номер, и мне там очень понравилось. Служащий озадаченно посмотрел на меня и уточнил, один ли я намерен там проживать. Дело в том, что в принципе этот номер предназначается для двоих — для мужчины и женщины. Я сказал, что и в самом деле когда-то был там с женщиной, но сегодня приехал один и готов заплатить за двоих. Появился хозяин гостиницы, посмотрел на меня — и велел дежурному проводить меня на второй этаж. Он, похоже, забыл меня, а вот я-то его отлично помнил. Пройдя в комнату, я просто ахнул. Там все было в точности так, как и десять лет назад, — свиток в тонома* с каким-то пейзажем, стоящая перед нишей зеленовато-голубая фарфоровая курильница, рисунок на фусума**... Горничная средних лет принесла мне чаю, и я поразился еще больше: это была та самая Кинуко, что подавала нам чай десять лет назад. Тогда ей было на вид лет сорок, может, чуть больше, но за эти десять лет она ни капельки не изменилась, так что мне стало даже как-то слегка жутковато. Я старался прятать от нее лицо. Десять лет назад, когда Кинуко приходила к нам в номер, я всегда давал щедрые чаевые, а потому она наверняка запомнила меня. Она спросила, буду ли я ужинать. Я ответил, что уже сыт, и попросил ее подать пиво. Кинуко сказала, что пиво есть в холодильнике, в номере, так что я могу брать оттуда все что угодно. Просто потом с меня возьмут за все это пла-

_____

* _Тонома_ — стенная ниша с приподнятым полом в японском жилище. В тонома вешают свиток с картиной или каллиграфической надписью, либо ставят вазу с цветами.

** _Фусума_ — раздвижная перегородка в японском доме.

ту вместе с платой за проживание. Это было единственным новшеством, введенным здесь за прошедшие десять лет. Десять лет назад, когда я бывал здесь с Юкако, в номере не было холодильника. Вручив Кинуко две бумажки по тысяче иен, я попросил принести завтрак в восемь утра. Она поклонилась и молча вышла из номера. Я прошел в ванную комнату и открыл горячую воду. Потом надел банный халат и принялся ждать, когда наполнится ванна.

Окно, выходящее в сад, было открыто, и в комнату вместе с прохладным ветром врывался легкий шелест листвы. К нему примешивался плеск льющейся в ванной воды. Вот и десять лет назад все было точно так же. Я стоял у окна, смотрел в сад, вслушиваясь в плеск льющейся воды, и ждал, когда придет Юкако. Она отодвигала фусума и появлялась передо мной. Иногда она была страшно подавлена, а порой являлась в страшном возбуждении, со сверкающими глазами. Бывало, что Юкако приходила изрядно навеселе, прижимая ладони к пылающим щекам, а временами от нее даже не пахло спиртным.

Я думал о Юкако, и вдруг меня охватило такое чувство, будто она вот-вот должна появиться. Тут мне вспомнился рассказ бабушки Рэйко о том, что с умершими можно встретиться на этом свете. Сейчас он показался мне даже правдоподобным. Да, но если верить бабушкиным словам, то выходит, Юкако уже никогда не возродится человеком... Однако мне все чудилось, что Юкако вот-вот войдет в комнату.

214

Ванна наполнилась водой, и я погрузился в воду. Тут послышался голос горничной Кинуко: «Извините за беспокойство!» Она принесла мне курительные палочки от комаров и тут же вышла. Я тщательно, очень тщательно вымыл голову, тело. Промыл с мылом каждый палец на ногах. Потом вылез из ванны и стал вытирать себя полотенцем. Тут я увидел в зеркале свое отражение. От ран на шее и на груди остались только шрамы. Но, вглядевшись внимательней в собственное отражение, я рассмотрел оставшиеся кое-где еще довольно заметные следы от стежков. Я осязаемо ощутил липкую кровь, хлынувшую ручьем с шеи на грудь, когда Юкако полоснула меня ножом и я, ничего не понимая, попытался подняться с постели. Накинув халат, я снова сел на диван у выходящего в сад окна, открыл пиво и наполнил стакан. На полу посреди комнаты Кинуко расстелила пухлый матрас и тонкое летнее одеяло — на одного человека. В воздухе причудливо вился дымок ароматических палочек. Затянувшись сигаретой, я дотронулся кончиками пальцев до шрамов на шее. Десять лет назад в этой комнате, в гостинице «Киёнокэ», что-то началось. Мне показалось, что я стал понимать, что именно. Нет, не наше с Вами взаимное отдаление и даже не мое падение, а что-то гораздо более важное, более значимое. Находясь между жизнью и смертью, я смог узреть Нечто. Что это было? В своем письме к Вам я написал, что то была сама Жизнь. Но что есть Жизнь? Тогда в моем мозгу отчетливо и ярко пронеслись сцены прожитой мною жизни — словно перематывалась назад кинопленка. Что это было?.. Я прислушался. Я просто весь обратился в слух. Я ждал, что вот-вот по коридору, у двери номера, раздадутся шаги Юкако. Я и просидел у окна, под прохладным ветром, несколько часов. Я пил пиво и курил сигареты. Когда я взглянул на часы, то увидел, что стрелка уже переползла через цифру три. Я выключил верхний свет. Но стало слишком темно, и я включил небольшой ночничок, вмонтированный над токонома. Сбоку от токонома стоял зеленый телефон, по которому вызывают дежурного. Я остался жив потому, что Юкако умерла, упав на этот телефон. Интересно, какие сцены проносились в мозгу Юкако перед смертью? В какую Жизнь обратилась она, глядя на свое мертвое тело? Наверное, то, что испытал я, происходит не только со мной... Может, и с Юкако было что-то подобное. Все люди, встречая смерть, наверняка видят все то, что совершали при жизни, и вбирают все то, что испытывали живыми, — страдания, радости и покой. Все это воплощается в сгусток бессмертной жизни и растворяется в бескрайнем, без начала и без конца времени-пространстве, именуемом Вселенная... Я сидел в темноте и всматривался в токонома, освещаемую лишь мертвенным светом ночника. Я видел перед собой умирающую Юкако. Она лежала ничком в банном халате. Меня просто захлестнули эти видения — то ли явь, то ли бред... Но кто может с уверенностью сказать, что это

216

бред? И кто может утверждать, что именно это и есть реальность? Может быть, мы способны различить явь и сон лишь тогда, когда уходим из жизни? В человеческой жизни вообще есть много такого, чего мы не в силах понять и принять, пока не умрем.

Я просидел до утра, так и не сомкнув глаз. С шести часов начали стрекотать цикады, первые лучи утреннего солнца стали проникать сквозь листву деревьев, мерцавшую удивительно нежными, тонкими оттенками зелени. В восемь горничная принесла мне в номер завтрак. Взглянув на нетронутую постель, она спросила: «Так и не поспали?» Я ответил, что мне было так хорошо под прохладным ветром, что я уснул на диване. Горничная убрала футон и одеяло в стенной шкаф и стала сервировать завтрак. Я умылся и сел у столика. Горничная положила мне рису и стала молча прислуживать. Потом вдруг сказала, что в *этот* день в номере непременно стоят цветы. Все-таки узнала меня, подумал я. «А Вы, Кинуко-сан, совсем не стареете», — сказал я. «И Вы, Арима-сан, нисколько не изменились», — засмеялась она. «Вот я-то как раз изменился», — возразил я, но она, оставив мое замечание без ответа, сказала, что вчера, когда приносила чай, сразу поняла, что это я... Когда много лет проработаешь в таком месте, начинаешь хорошо разбираться в клиентах. Особенно это касается парочек, что останавливаются в таких номерах. Как они ни стараются походить на супругов, Кинуко не проведешь. Сразу ясно, какие у них отношения, редко когда ошибешься. «Я тогда сразу поняла, кто — кто. Женщина, которая умерла, работала в ночном заведении, да не в простом. Наверняка была хостессой в дорогом ночном клубе. А про Вас я сразу подумала, что этот мужчина служит в какой-то солидной фирме и на хорошем счету. И про то, что у Вас семья, тоже сразу же поняла...»

Кинуко, которой сейчас было, наверное, за пятьдесят, то подкладывала мне риса, то подливала чаю — и все говорила и говорила, негромко и очень мягко. «В тот день я взяла выходной, а потому о происшедшем узнала только на другой день, когда пришла на работу. В гостинице было полно полицейских, хозяин ходил чернее тучи, мол, плохая примета, клиентов теперь не будет. Узнав, что случилось, я не удивилась, только опечалилась. Такая красивая женщина, прямо как распустившийся цветок... О том, что Вы не умерли, я узнала от людей несколько месяцев спустя. Я почему-то никак не могла забыть вас обоих, хоть вы и были обычными постояльцами. Даже не знаю, почему вы так запомнились мне... особенно ваша подружка, которая умерла. Такая красавица! Даже я, сама женщина, глаз оторвать от нее не могла. А потому в *этот* день я покупаю цветы на свои деньги и тайком от хозяина ставлю их в токонома. Эта женщина... Она каждый раз бывала совершенно другая...» — добавила она и умолкла.

Позавтракав, я попросил вызвать такси. Я вроде должен был платить за двоих, однако счет был выписан на одного. Я доехал на такси до станции Кацура линии Ханкю, потом на электричке до Умэды и вернулся в дом Рэйко. С завтрашнего дня мне предстояло заниматься следующим выпуском рекламной листовки, потом возить Рэйко по новым салонам красоты. Рэйко уволилась из супермаркета, где проработала десять лет. Стоит мне подумать, что она притихла и покорилась, как Рэйко показывает зубки, в общем, манипулирует мною весьма успешно.

А теперь я несколько отклонюсь от темы. Постараюсь изложить как можно короче, просто мне очень хочется написать Вам об этом. Хочу рассказать кое-что о Вашем отце. Вы пишете, что Ваш отец «видит человека насквозь». В самом деле, Тэрутака Хосидзима всегда видел людей насквозь, причем до такой степени, что просто страшно бывало. Вспоминая о нем, я испытываю глубокое восхищение. Он сам, как говорится, «с нуля», создал компанию «Хосидзима кэнсэцу» и был буквально одержим работой. Дома он держался с непонятной холодностью и таким царственным достоинством, что к нему было немыслимо приблизиться. Как начальник он был поистине страшен для своих подчиненных. Но я вспоминаю о Тэрутаке Хосидзиме с искренней теплотой...

Так вот, однажды он вызвал меня в свой кабинет. В полной уверенности, что меня опять ждет разнос за какую-нибудь оплошность, я постучал в дверь. Войдя, я увидел, что президент компании не восседает в кресле, а лежит на диване и с серьезным

219

видом складывает из бумаги самолетики. Когда я вошел, он запустил в мою сторону только что сделанный самолетик. Поманив меня, он прошептал: «Мне нужен твой совет. Но только никому ни слова! И смотри, не проболтайся Аки!» Я ломал голову, о чем пойдет речь, а он вдруг сказал: «Мне нравится одна женщина!» И, глядя в сторону, пробормотал, что «застряло дело, вот такая история». Я в изумлении спросил, что за женщина, и он назвал один ресторан японской кухни, расположенный в центре Осаки. К его услугам часто прибегала наша фирма. С Вашего позволения, название ресторана я опущу. «Это гейша или хозяйка заведения?» — спросил я, наклоняясь к нему. На что Ваш отец сердито сказал: «Ни та, ни другая! — И, выпрямившись, добавил: — Тамошней хозяйке семьдесят один год, болван!» Потом назвал имя. Это была младшая дочь хозяйки. Не так давно она, овдовев, вернулась в родной дом и теперь частенько вместо матери выходила к клиентам. Я несколько раз видел ее. Ей было слегка за тридцать. Тонкий нос с горбинкой, пухлые щечки, красивые, миндалевидные глаза. Изысканная женщина... И ей очень шло кимоно... Я поинтересовался, как понимать, что «дело застряло» — в том смысле, что между ними все еще ничего не было? Президент сделал страшное лицо и сказал, что это только вопрос времени. А потом вдруг скорбно добавил: «Мне уже шестьдесят. А ей — тридцать два. Что же делать?..» На что я возразил: «Но ведь она —

220

вдова. И у Вас, господин президент, семь лет назад скончалась супруга. Не понимаю, чего вам обоим стыдиться!» Президент, беспрерывно затягиваясь сигаретой, проворчал: «Прямо напасть какая-то. Все время перед глазами — она. Ни работать, ни встречаться с людьми не могу...» — и покосился на меня. Я улыбнулся: «Видно, это любовь!» «Любовь?..» — каким-то бесцветным голосом повторил Ваш отец. Я деликатно спросил, а как, собственно, все началось. Но президент не счел нужным говорить на эту тему. Я же никак не мог взять в толк, с чего, собственно, мог начаться роман Тэрутаки Хосидзимы и дочки хозяйки ресторана, овдовевшей два года назад. «Я же сказал, мне нужен именно твой совет, — повторил президент. — Ну, что думаешь, как мне быть?» Я рассмеялся: «Вы снова станете молодым!»

После этого разговора прошло три недели. Меня опять позвали в кабинет президента. Президент на сей раз ждал меня, сидя за столом и подперев щеку рукой. Я стоял, а он все молчал. Тогда я спросил, по какому делу он меня вызвал — по рабочему вопросу или по тому самому. «По тому самому, — ответил президент и добавил: — И слушать — слезы, и рассказывать — слезы... Пошли мы с ней в гостиницу. Точнее, я вынужден был пойти. Я-то робел, а вот она решилась. Я полагал, что пока на что-то еще гожусь. Но обнял голую женщину, а ничего не вышло!.. Чем больше я распалялся, тем хуже у меня получалось... Не знаю, способен ли ты понять, что я тогда испытал?.. Просто не знал, куда от стыда деваться! Как же мне было горько!..» Мне стало смешно, но я сочувственно проговорил: «Это Вы просто перенервничали! У Вас же любовь. Такое часто случается, когда сильно любишь. В другой раз все получится». Он посмотрел на меня снизу вверх и печально сказал: «Да, я и в самом деле ужасно нервничал». Но тут же его выражение изменилось, и он прежним, «президентским» голосом грозно сказал: «Имей в виду, я рассказал это только тебе! И не вздумай проговориться Аки!» На этом разговор был закончен.

Я не знаю, как развивались дальше отношения между Вашим отцом и той женщиной. Он рассказал мне всего лишь маленький эпизод. Думаю, он хранил в своем сердце много воспоминаний и никого в это не посвящал. Чисто интуитивно мне представляется, что он не решился второй раз искушать судьбу. Когда он говорил, что действительно перенервничал, то был похож на мальчишку, с которым случился страшный конфуз. Тогда я впервые увидел не железного президента, а человека. Я всегда буду помнить о Тэрутаке Хосидзиме как о дорогом, близком мне человеке — и потрясающем предпринимателе. Я рассказал об одном событии из далекого прошлого, в которое мне строго-настрого запретили посвящать Аки...

Ясуаки Арима

10 сентября

Господин Ясуаки Арима!

Ваше длинное письмо я прочитала сегодня, сидя после обеда за столиком у окна в кафе «Моцарт». Когда, дочитав, я вернулась домой, ко мне подошел Киётака с тетрадкой, где он упражняется в начертании знаков хираганы*, которую они сейчас проходят в школе. Они уже значительно продвинулись в этом деле, и Киётака обстоятельно рассказал, какие слова они писали в классе сегодня. Он предъявил мне свою специально расчерченную на квадратики тетрадку. Знаки, которые он начертал, были угловатыми, даже слегка кривыми, некоторые выходили за клеточки, но главное — они были все-таки понятны. Я похвалила Киётаку, сказав, что у него уже прекрасно получается, и стерла следы синей краски, которой он перепачкал лицо. Тогда Киётака сказал, что это не все, и перевернул еще одну страничку. Там было написано слово «будущее». «Некоторые знаки в этом слове учитель еще не проходил с вами, так почему же он велел написать это слово?» — спроси-

---

* *Хирагана* — японская слоговая азбука.

ла я. Сын сказал, что не знает. «Но ведь вы пока не умеете писать слово "будущее"», — не унималась я. На это Киётака сказал, что учитель вдруг молча написал на доске это слово и сказал, что мы должны его знать. Потом велел несколько раз повторить его вслух и внимательно скопировать в тетрадь. Еще он сказал, что «будущее» означает «завтра».

Я пишу это письмо и вспоминаю написанное Киётакой слово «будущее». До сих пор, обмениваясь письмами, мы писали исключительно о событиях прошлого. Сравнив наши письма, я обратила внимание на то, что я чаще, чем Вы, обращалась к прошлому. Но Вы упорней, чем я, цепляетесь за него. Вы так одержимы прошлым, что умудрились последовательно описать все события, что произошли за минувшие десять лет после того ужасного случая в гостинице «Киёнокэ». Но что есть «прошлое»? Последнее время я стала думать, что мое настоящее обусловлено моим прошлым. В принципе, ничего нового я не открыла, поскольку это неоспоримый факт. Но я никогда не задумывалась над этим, а потому для меня это все же большое открытие. Мое «прошлое» породило мое «настоящее». Если это действительно так, от чего зависит «будущее»? Оно тоже предопределено моим прошлым и ничего нельзя изменить? Нет, я думаю, что так не должно быть, не может быть подобной нелепицы. Такой глупости. Этот урок преподал мне Киётака. Когда я смотрю на него, во мне крепнет мужество. Бывают моменты, когда я слабею духом и впадаю в отчаяние, но потом я беру себя в руки и мне снова хочется бороться.

Сначала Киётака не мог даже сидеть. Целых пять лет ушло на то, чтобы он научился говорить слова «мама» и «папа». А сколько усилий и времени потребовалось для того, чтобы он научился сам застегивать и расстегивать пуговицы! Скоро ему исполнится девять, и теперь он, опираясь на свой костылик, ходит немного быстрее, чем в прошлом году. Сейчас он даже умеет произносить, хотя и довольно медленно, но все-таки внятно, кое-какие простенькие скороговорки. Он научился словами выражать свои желания. И, наконец, он выучился считать, хотя и страшно медленно, а на это мы вообще не надеялись. Пока он складывает только однозначные цифры, но я добьюсь того, чтобы когда-нибудь Киётака стал таким, как все нормальные люди. На это понадобится десять, нет, даже двадцать лет. Возможно, какие-то трудности нам не удастся преодолеть. Но я буду делать все, чтобы мой Киётака хотя бы приблизился к тем возможностям, какими обладают все нормальные люди, чтобы он мог работать. Пусть научится делать хотя бы самую простенькую работу, например упаковывать в картонные коробки готовую продукцию. Я добьюсь, чтобы он мог получать за свой труд пускай небольшие, но самостоятельно заработанные деньги. Это я родила Киётаку. Ваши письма заставили меня задуматься о многих вещах.

Киётаку родила именно я. Данный непреложный факт заставил меня сделать открытие. То, что сын появился на свет с грузом такого несчастья, — это его беда, можно сказать, карма. Да, карма. Но карма не только его. Однажды меня посетило божественное откровение, и я стала думать, что это еще и моя карма — женщины, которая должна была родить такое дитя. Было время, когда сгорая от ненависти, я решила, что это Ваша вина. Как это несправедливо, безжалостно! В этом никто не виноват. Просто это моя карма — матери Киётаки. Можно, наверное, утверждать, что это карма еще одного человека — Соитиро Кацунумы, которому выпало стать отцом такого ребенка... Придя к данному заключению, я стала думать о том, что же мне делать с этой кармой, как преодолеть ее? Я должна безропотно следовать в «будущее»? Я могу делать лишь это?.. Нет, мне следует жить «сегодня» — нынешним днем, смирившись с тем, что Киётака — калека, и трудиться не покладая рук, стараясь поднять его до нормального человека. Я, как мать такого ребенка, не могу впасть в апатию, бездеятельное отчаяние, не могу отказаться от надежды. Вот посмотрите, я непременно добьюсь, чтобы мой сын мог трудиться самостоятельно.

Но что я все о Киётаке?.. Просто проповедь какая-то получилась. Прошу Вас, не примите мое письмо за нравоучение. Просто мне показалось, что Вы чересчур привязаны к «прошлому» и не думаете о «сегодняшнем». Тут я вспоминаю слова отца. «Человек —

226

престранное существо. Он меняется, порой меняется ежеминутно». Он прав, все обстоит именно так. Ваша сегодняшняя жизнь непременно изменит Вас в будущем, — снова изменит, причем очень сильно. Прошлое — это всего лишь прошлое, оно ушло и ничего поделать нельзя. Но оно продолжает жить, делая нас такими, какие мы есть сегодня. Это печальный факт. Однако нельзя забывать, что между «прошлым» и «будущим» есть «настоящее» — наш нынешний день, в котором мы и живем. А мне кажется, Вы и я — мы совершенно забыли об этом... Вы простите меня, что я все время сбиваюсь на нравоучения. Пожалуйста, не сердитесь и не рвите письмо! Просто я очень волнуюсь за Вас. Меня ужасно тревожат слова, сказанные Рэйко-сан, о том, что Вы можете умереть. Да, она хорошо изучила Вас! Можете ничего не говорить мне, она прекрасно поняла Вас как человека. Пожалуйста, не думайте о смерти! Как представлю, у меня просто сердце разрывается от боли. Ну зачем Вы вообще поехали в Арасияму и остановились в том самом номере, где случилось это несчастье?! Такая сентиментальность, чувствительность пристали двадцатилетнему юноше... А Вы еще, не стесняясь, излагаете мне вашу беседу с горничной о том, какой красавицей была Юкако Сэо!..

Ну хорошо, оставим эту тему. Я полагаю, что бизнес, который придумала Рэйко-сан, должен пойти хорошо. Вы же знаете, моя интуиция редко подводит. Это же очень интересное дело, и пока еще никому такое и в голову не приходило! Да, из накопленной Рэйко-сан суммы уплыли 986 тысяч иен, что нужны Вам для бизнеса, нужны для жизни. Но я думаю, что для нее Ваша жизнь неизмеримо выше, именно потому она, не колеблясь, отдала деньги тому негодяю. Я полностью поддерживаю ее в том, что она пытается вовлечь Вас в бизнес с салонами красоты. У меня предчувствие, что Вы очень скоро сможете обрести сто пятьдесят заказчиков. Но даже если дело пойдет не так быстро, то со временем, постепенно добьетесь цели. Как Вы думаете, сколько времени потребовалось для того, чтобы Киётака научился выражать свои желания? Продвигайтесь вперед, как Киётака, шаг за шагом. Даже при самом плохом раскладе вы сможете за неделю поисков найти хотя бы один салон, что захочет иметь с вами дело. Тогда ежемесячно у вас будет прибавляться по четыре клиента, а за год — сорок восемь, так что за три года вы достигнете нужной цифры. Видите, всего за три года! Возможно, вам будет трудно с деньгами. Возможно, вас ждут другие препятствия. Но Рэйко-сан — очень сильный человек. За ее молчаливостью и покладистостью скрывается воля и стойкость женщин старой Нанива*. Да,

---

* *Нанива* — старое название Осаки. В средние века была крупным торговым центром, городом ремесленников и купцов. Именно там происходило становление и развитие третьего сословия.

она такая. Она сильнее и целеустремленнее Вас. И еще, еще: она безумно Вас любит! Для меня это очевидно. Нет, скорее не так: это понятно именно мне, потому что это я. Всякий раз, когда Вы по малодушию вздумаете отступиться от задуманного, Рэйко придет на помощь. Ведь она проявляет свою скрытую силу именно в такие моменты. Я молюсь о Вашем успехе. Я не верю в Бога, а потому не знаю, как надо молиться. И все-таки я молюсь. Молю Вселенную, чтобы она даровала Вам успех и будущее счастье, я заклинаю эту вечную, бескрайнюю Вселенную...

Напишите мне еще. Я буду очень ждать. Непременно напишите.

Аки Кацунума

18 сентября

P. S. Забыла кое о чем написать. В начале письма Вы говорите о том, что я была «прелестной женой», но меня страшно избаловал отец, хотя мои капризы только добавляли мне очарования. Читая такое, я невольно покраснела. Но скажите мне, почему имея такую очаровательную жену, Вы целый год поддерживали связь на стороне? Все разговоры про мужскую натуру — это слабые оправдания, и этим Вы не сможете меня убедить. Что касается отсылок к моему новому мужу, то это я понимаю, как никто другой. Я всегда была плохой женой для

Кацунумы. Ведь я, жена, не могла любить его как мужа. И еще. Тот мимолетный сон, о котором Вы написали, живет в моей душе как печальное видение. И еще одно. Я была потрясена, читая пассаж про роман моего отца. Какие же мужчины животные! Они теряют голову при виде красивых женщин в любом возрасте!.. Тем не менее эта история даже развеселила меня. И я испытала чувство благодарности к Вам. Ведь я думала, что Вы ненавидите отца.

Госпожа Аки Кацунума!

Прошлое, настоящее, будущее... Ваши слова, «похожие на проповедь», исполнены невероятной духовной силы. Это слова матери, которая растит сына, родившегося инвалидом, женщины, готовой к преодолению невероятных, бесчисленных трудностей, которые встретятся на ее пути... И я подумал: мне скоро стукнет тридцать восемь, но насколько же я инфантилен как мужчина, до чего же я незрелая личность! Тут Вы совершенно правы. В самом деле, зачем меня понесло в тот самый номер в гостинице «Киёнокэ»? Именно из-за этих черт моего характера я все эти десять лет катился вниз, пока не докатился до самого дна. На что я похож? Я уподобился старым рваным ботинкам, которые за ненадобностью выбросили в сточную канаву. Но сейчас я все же работаю. Правда, работа заключается в том, что я таскаюсь пешком по Осаке. В девять часов утра я беру портфель с образцами листовки, брошюркой, а также бланками контракта, и мы вместе с Рэйко направляемся к станции. Там мы расстаемся и на электричке едем в намеченный на данный день район —

каждый в свой. Осаку Рэйко взяла на себя, я же занимаюсь прилегающими мелкими городками — Хираката, Нэягава, Сакаи. Ездить на машине стало неудобно, потому что с недавнего времени почти на всех дорогах запрещена парковка. Пока ты в салоне договариваешься о контракте, тебе, того и гляди, прилепят на стекло квитанцию штрафа за нарушение правил парковки. К тому же салоны красоты, как правило, расположены в оживленных торговых кварталах, перед станциями, где все забито народом и транспортом, или же в узеньких переулках, куда не проходит машина. В итоге мы с Рэйко пришли к выводу, что салоны удобнее обходить пешком.

Я хожу по улицам, держа в руках карту. При этом я рыскаю взглядом по окрестным домам — в поисках вывески салона красоты. Обнаружив салон, сначала оцениваешь его внешний вид. Если окна грязные, и видно, что никто здесь палец о палец не ударит, чтобы завлечь клиентов, то ясно, что ничего не выйдет, даже если салон достаточно большой. Но порой даже маленький салон, где трудится в одиночку сам хозяин, пытается держать марку: у входа или на стене висят фотографии моделей модных причесок, объявления о 10-процентной скидке в выходные дни, ну и так далее. Значит, можно попытать счастья. После моего пылкого монолога о пользе листовки хозяин начинает проявлять интерес, в итоге склоняется к тому, чтобы взять листовку на пробу, скажем, на месяц, — и ставит личную печать на бланке заказа.

Но бывают дни, когда мотаешься целый день без всякого проку, хоть двадцать салонов обойдешь, а ни одного контракта. Тогда просто ног не чуешь от усталости. Однажды в каком-то захудалом салоне на окраине города толстая, похожая на поросенка хозяйка слушала-слушала меня, а потом вдруг разозлилась и обиняком, но настойчиво дала понять, что я должен называть ее «сэнсэй»*. Я не понял, почему я должен так обращаться к хозяйке какого-то крошечного салона. Но она все твердила, что к хозяевам заведений принято обращаться именно так. Она трещала без умолку, а потом как завопит, что не станет совать клиентом какой-то паршивый листок бумаги, да еще за двадцать иен — и отказалась подписать контракт. После этого случая я стал умнее: придя в салон, я первым делом осведомляюсь: «Вы — сэнсэй?» — даже если ясно с первого взгляда, что перед тобой простой работник. Не раз бывало и так, что после часа переговоров с хозяйкой салона, когда казалось, что дело уже на мази, вдруг встревал молодой ученик и заявлял: «Сэнсэй, такой бюллетень не нужен нашим клиентам! Не подписывайте контракт!» И все шло псу под хвост. А бывало, что до обеда удавалось подцепить на крючок хозяев всех трех намеченных на утро салонов. После трех недель таких «путешествий» по городу мои кожаные ботинки приказали долго жить.

---

* *Сэнсэй* — почтительное уважение к учителю, к старшему.

Подошва на пальцах стерлась до дыр, от каблуков вообще ничего не осталось. А ведь это была совершенно новая пара, которую я приобрел специально для подобных вылазок. Зато мои ноги, до этого дряблые, словно щупальца у медузы, стали мускулистыми и крепкими, как у альпиниста. За три недели Рэйко смогла подписать контракт с двенадцатью, а я — с шестнадцатью заведениями. Если приплюсовать двадцать шесть салонов, которые нам удалось обработать в прошлом месяце, то получится пятьдесят четыре. Кроме того, мы получили заявки еще от двенадцати салонов красоты. Это результат рассылки почтовой рекламы в пятьсот заведений района Кинки. Таким образом, у нас стало шестьдесят шесть клиентов.

Иногда мне кажется, что эти хождения по салонам похожи на саму жизнь человеческую, хотя, наверное, это звучит несколько пафосно. Например, стоишь ты на перекрестке и размышляешь, куда же пойти. В итоге свернешь направо — и вдруг замечаешь, что прохожих все меньше и меньше, и вообще тебя занесло в заводской район, где просто не может быть никаких салонов. Но ты уже отшагал приличное расстояние и возвращаться назад поздно, так что остается только брести и брести, как последнему дураку, мимо заводов и фабрик. Потом, когда выберешься из промышленной зоны в нормальный жилой квартал, уже и день на исходе, да и не знаешь, куда тебя занесло, как домой возвращаться — впору сесть, да так и остаться на том самом месте. Потом притащишься, едва жив, домой, так и не побывав ни в одном салоне. А бывает наоборот: постоишь на перекрестке, подумаешь — и только сделаешь пару шагов, как попадаешь в район новостроек, и сразу натыкаешься на только-только открывшийся салон красоты, где без особых трудов подпишешь контракт. Налево пойти или направо пойти?.. Все, как в жизни. Даже интересно. И так каждый день...

С доставкой листовок в шестьдесят шесть салонов можно справиться только на машине. В прошлом месяце мы успели развезти всю продукцию за один день, а в этом месяце потребовалось уже три дня. Покончив с доставкой, решил денька три отдохнуть.

Первым делом зашел в книжный магазин, подкупить литературы для листовок. Нагрузившись покупками, пришел домой — и вижу, Рэйко сидит, потупившись, у стола, и выражение лица такое серьезное-пресерьезное. Я спрашиваю, что случилось, а она молчит.

Мне захотелось прилечь, и я включил телевизор. Тогда она не выдержала и спросила: «А кто такая Аки Кацунума?» Я в изумлении взглянул на нее. Все Ваши письма я храню в нижнем ящике своего стола. Когда Рэйко работала в супермаркете, я без дела болтался дома и незаметно для Рэйко доставал из почтового ящика Ваши послания. Потом, когда два месяца назад Рэйко, окунувшись в бизнес, уволилась из магазина, я попросил жену управляющего потихоньку вынимать адресованные мне письма и передавать их мне. Я дал ей пять тысяч иен, и она с радостью взяла бумажку. Поэтому мне было непонятно, каким образом Рэйко узнала про Вас. Пока я молчал, Рэйко извлекла из ящика моего стола пачку писем и положила ее перед моим носом. На штемпеле верхнего письма стояло 19 января, всего же писем было семь, и конверты казались на удивление толстыми. Рэйко пристала ко мне с вопросом, что за женщина такая — Аки Кацунума? Конверты надорваны, при желании Рэйко могла прочесть письма, но я заключил, что она не сделала этого, раз задает вопросы. Вероятно, ждала моего возвращения, борясь с желанием прочесть письма. «Первое письмо от Аки Хосидзимы, а остальные — от Аки Кацунумы, — проговорила она. — Вообще, кто это? Кто она тебе?» «Ревнуешь?» — засмеялся я. «Вовсе нет!» — Рэйко исподлобья посмотрела на меня. Тогда я спросил, что же это она не прочитала тайком. Ведь конверты не запечатаны. Рэйко, потупившись, пробормотала, что, мол, нехорошо читать без позволения чужие письма. Я никогда не рассказывал ей о своем прошлом. Помнится, только раз, когда мы поехали на машине искать заказчиков, я сказал, что когда-то жил в районе Икуно. Просмотрев штемпели на конвертах, я разложил письма по порядку и сказал Рэйко, что разрешаю их почитать. Я приношу свои извинения за то, что без Вашего согласия предложил прочесть Ваши письма постороннему человеку. Я рассчитывал, что, прочитав несколько писем, она все поймет сама без моих объяснений.

Все письма очень длинные. Их семь. Сначала Рэйко перебралась за стол и принялась за чтение. Я в это время смотрел телевизор. Потом захотелось перекусить. Но Рэйко продолжала читать, словно вгрызаясь в письма. Тогда я спросил, могу ли я перекусить в каком-нибудь кафе. Рэйко лишь молча кивнула и продолжала читать.

Я поужинал в ближайшем ресторанчике, а потом зашел выпить кофе в кафешку перед станцией. Прошло всего полчаса, и я не знал, куда податься. Попросил у хозяина кафе бумагу и шариковую ручку и стал размышлять, как наладить продажи, чтобы расширить число клиентов до ста пятидесяти, какие статьи разместить в следующем бюллетене. При этом я написал на листочке цифру наших убытков и сумму оставшихся накоплений. Обхватив голову руками, я тупо смотрел на цифры, и тут вдруг подумал, что давненько не заходил в парикмахерскую. Пойду завтра, подстригусь, подумал я — и тут мне в голову пришла мысль: а что, если попробовать предлагать нашу листовку не только салонам, но и парикмахерским? Система останется прежней, но поскольку это парикмахерские для мужчин, то содержание, естественно, надо подкорректировать с учетом мужских интересов. Да, необходимо расширить сферу нашего бизнеса и вовлечь не только салоны, но и парикмахерские... Эй, не горячись, осадил я себя, сначала надо поставить дело с салонами, чтобы было на что жить. А парикмахерские — с этим можно повременить.

Я вышел из кафе, прошел мимо дома и, свернув в переулок, направился в типографию. Стеклянное окно с надписью «Типография Танака» было закрыто, жалюзи опущены, но внутри виднелся огонек и доносился стук работающих печатных машин. Я открыл стеклянную дверь и увидел хозяина. Он был в перчатках, перепачканных краской, и рассматривал матрицу с нанесенной на нее краской. «Извините, Вы еще работаете?» — спросил я. Хозяин — невысокий седоватый человек, оторвавшись от работы, приветливо улыбнулся мне: «Заходите!» Глаза у него часто-часто моргали. Помещение было заставлено банками с краской, пол усеян листами бумаги с пробными оттисками, в воздухе густой запах краски и бумаги. В ячейках наборной доски лежали свинцовые литеры. Они поблескивали в свете флуоресцентных ламп. Хозяин принес откуда-то стул и предложил мне присесть. Он снял перчатки и завел беседу: «В этом месяце Вы нашли еще сорок заказчиков! Если так дело и дальше пойдет, то скоро и сто пятьдесят наберется!» Я сказал, что это все благодаря типографии, мол, они аккуратно и в срок выполняют работу, требующую много усилий и времени. «До пятисот уже не так далеко! — сказал он, похоже, совершено всерьез. — Пятьсот салонов — это сто тысяч листовок. Кое-кому из клиентов комплекта покажется мало, они попросят четыреста или даже шестьсот экземпляров. Если дело дойдет до тиража в сто тысяч экземпляров, то мы скинем плату за экземпляр до пяти иен. Типография у нас маленькая, так что такие заказчики, что выкладывают наличными каждый месяц пятьсот тысяч иен, для нас — просто клад! Поскорее становитесь нашими почетными клиентами!»

Тогда я изложил родившийся у меня в кафе план, относительно парикмахерских. Хозяин даже по коленкам себя хлопнул. Отличная мысль, действительно, не следует забывать о парикмахерских. Может, среди парикмахерских будет больше заказчиков. «Да, их все больше и больше, так что нельзя работать по-старому! Надо обязательно охватить парикмахерские! — сказал он. — Мы-то не стремимся нажиться на вашем деле прямо с ходу. Посоветуемся с вами, если надо, подстроимся...» Скрестив руки и уставив взгляд в потолок, он забормотал: «Пятьсот парикмахерских... пятьсот салонов красоты... тысяча заведений. Двести тысяч экземпляров...» Поднявшись по лестнице на второй этаж, он принес пиво и стаканы. За этим делом мы проговорили час. Было видно, что он не прочь поболтать еще, но мне хотелось поскорей рассказать Рэйко о новой идее, и я, поблагодарив хозяина, откланялся. Шагая домой, я подумал: тысяча салонов... Нет, тут спешить нельзя. За десять лет попытаться можно. Думая об этих десяти годах, я ощутил азарт бейсболиста. Вот он, момент, от которого зависит исход игры. Один мяч — и ты либо выиграл, либо пропал.

Рэйко все еще читала, но уже не за столом, а стоя в углу и опершись о стену. Заглянув, я увидел, что она дошла только до четвертого письма. «Ты что, собираешься одолеть все письма за раз? — поинтересовался я. — А поужинать не собираешься?» Рэйко лишь что-то буркнула в ответ и даже лица не подняла. Я сам расстелил футон, переоделся в пижаму и лег, потом снова включив телевизор. Рэйко улеглась на живот рядом со мной, продолжая читать; шестое письмо, потом седьмое письмо... Закончила она уже в первом часу ночи. Потом встала, положила пачку писем на место, погасила свет в комнате, включила на кухне, достала из холодильника какие-то объедки, положила в чашку рису и принялась поглощать все это. Я выключил телевизор, встал, прошел на кухню и сел на стул рядом с ней. Закурил сигарету. Рэйко плакала. Продолжая заливаться слезами, она проглотила холодный ужин, потом впилась зубами в густо намазанный майонезом кусок ветчины, набила рот рисом. При этом она беспрестанно вытирала слезы кистью руки и шмыгала носом. Она все терла и терла глаза, а слезы все текли и текли из ее круглых глаз, катились по белым щекам и капали на стол. Покончив с едой, и все еще обливаясь слезами, Рэйко помыла посуду, умылась сама, почистила зубы, переоделась в пижаму, постелила себе рядом со мной и молча легла, натянув на голову одеяло. Я еще посидел на кухне, глядя на укутанную, неподвижную Рэйко. Потом подошел и тихонько стянул с нее одеяло. Она лежала с открытыми глазами и продолжала плакать. Я спросил, почему она так рыдает. Рэйко посмотрела на меня опухшими глазами и протянула руки. Зата-

240

щив меня к себе в постель, Рэйко погладила кончиками пальцев шрам у меня на шее. Она прочла только Ваши послания. Что я написал Вам в ответ в своих письмах, Рэйко не знала... Но, прижимаясь ко мне, она коротко произнесла: «Хорошая у тебя жена!» И больше ничего не добавила. Сколько я ни старался, больше ни слова я вытрясти из нее не смог. Я поднялся, достал из стола Ваши письма и снова положил их на кухонный стол. Сидя в одиночестве и куря сигарету, я смотрел на стопку из семи писем. Вы ведь знали, что должно настать время, когда нам придется прекратить переписку. Вы сами писали об этом. Я посмотрел на Рэйко, замершую под одеялом, но так и не понял, спит она или нет. И я понял, что это время пришло.

Это будет последнее письмо от меня. Я опущу его в ящик, а потом побреду по дороге, ведущей в городок Нэягава, где собрался искать клиентов. Я буду осматривать улицы в поисках вывесок салонов красоты. Может быть, через несколько лет я сойду с электрички на станции Короэн, пройду через милый моему сердцу квартал и подойду к Вашему дому, что стоит, не доходя до теннисного корта. Я погляжу на дом, на ту большую старую мимозу и незаметно уйду. Желаю Вам крепкого здоровья. И от всего сердца желаю, чтобы Ваш сын рос таким, каким Вы хотите его видеть.

Ясуаки Арима

3 октября

Господин Ясуаки Арима!

Ваше последнее письмо прочитала, сидя под глицинией, растущей во дворе теннисного клуба, и греясь под мягкими, теплыми лучами осеннего солнца. Я представляла, как Вы с картой в руке устало бредете по улицам маленьких городков.

Прочитав Ваше послание, я тоже подумала, что это мое письмо должно стать прощальным. Несколько дней я вообще не знала, что написать. Закончился октябрь и начался ноябрь, а у меня отчего-то все не было настроения взяться за перо. И вот наступил очередной день. Это был четверг, погода стояла ясная, время близилось к полудню. Отец, в кои-то веки решив отдохнуть, не поехал на фирму и сидел на веранде, любуясь деревьями в нашем саду. И вдруг неожиданно предложил навестить могилу мамы. Это не был Хиган* или годовщина смерти, но мне тоже захотелось поехать. Я попросила

_____

* *Хиган* — буддийские праздники, отмечаемые в течение всей недели равноденствия (два раза в год, весной и осенью). В Хиган в Японии принято посещать могилы.

Икуко встретить Киётаку, когда школьный автобус подвезет его в половине четвертого к станции,
и быстро переоделась. Отец позвонил на фирму и
попросил прислать за нами машину, потом обла-
чился в сшитый на заказ костюм оливкового цвета, который, правда, не разу не надевал, поскольку
считал его чересчур вызывающим, и спросил: «Ну,
как я тебе?» Костюм был ему очень к лицу. В ожидании машины мы слегка перекусили. Отец сказал,
что после посещения кладбища угостит меня блю-
дами киотосской кухни*, и посоветовал не обедать,
чтобы не перебить аппетит. Помните, Вы тоже ез-
дили на могилу мамы — вместе со мной и моим отцом. Тогда после свадьбы еще и месяца не прошло,
но, завершив церемонию по случаю седьмой годов-
щины со дня маминой смерти, мы втроем отправились на небольшое кладбище в Ямасина, располо-
женное в роще, среди деревьев. Мама родилась
в Ямасине, и отец решил предать земле ее прах
именно там.

Тут послышался голос водителя Кодзакай-сан,
и мы с отцом сели в машину.

«Мы едем в Ямасину, на могилу жены», — сказал отец. В этом году будет уже пятнадцать лет, как
Кодзакай-сан работает у отца. Совсем недавно он

---

* Существует много разновидностей киотосской кухни, однако их объединяет одна особенность — обилие
блюд, приготовленных из сезонных овощей.

отпраздновал свадьбу старшей дочери, но я слышала, что в январе уже планируется бракосочетание средней дочки. «Как это неожиданно», — заметила я. «Так мы скоро совсем разоримся», — проворчал Кодзакай-сан, ведя машину. Я спросила, зачем спешить со второй свадьбой — сразу же после первой. За Кодзакай-сан со смехом ответил отец: «Затем, что если не поторопиться, то ребенок появится без отца!» Я тоже засмеялась, а Кодзакай-сан, постучав ребром ладони по шее, с невеселой усмешкой смущенно сказал: «Уже на седьмом месяце... А вдруг родит до срока — и не успеем со свадьбой? Мы с женой просто места себе не находим!»

Свернув со скоростной дороги Мэйсин, мы въехали в Киото и по государственному шоссе помчались в Ямасину. Заметив цветочный магазин, я попросила остановить машину. Но отец сказал, что цветов не нужно. «От засохших цветов на могиле грустно становится... Сколько свежие ни носи, все равно завянут. Не люблю, когда на могилу кладут цветы или мандзю*». Мы поехали дальше, а отец пробурчал, глядя в сторону: «Могилу лучше не украшать. Достаточно имени на могильном камне». Вскоре показалось рисовое поле. Мы въехали в горную деревушку, где рядком стояли крестьянские домики. Узкая дорога вилась через густые заросли. «Сезон алых листьев», — заметил отец.

---

* *Мандзю* — пирожок с фасолевой начинкой.

Тихое, скромное кладбище располагалось на склоне невысокой горушки. Его окружали густые кущи деревьев. Казалось, их ветви с разноцветной листвой, колышущейся под ветром, надежно скрывают могилы от постороннего взгляда. Перед входом на кладбище стояла крохотная хижина, в которой сидел старик — кладбищенский сторож. Хижина была так мала, что там с трудом мог укрыться от дождя или зноя лишь один человек. Из хижины доносился сильный аромат курительных палочек. Перед сторожем лежали свечи и ароматические палочки, а также стояла деревянная бадейка с черпачком. Отец купил курительных палочек и одолжил бадейку и черпак. Набрав в бадейку воды, мы стали взбираться вверх по отлогому склону. Кодзакай-сан тоже вышел из машины и попросил разрешения пойти вместе с нами.

Мамина могила находится на самой вершине горы. Могила очень маленькая, на камне высечена только краткая надпись: «Фуми Хосидзима. Упокоилась 14 декабря 38-го года Сёва*». Земля вокруг могилы была усыпана палой листвой. Я спустилась к хижине, попросила у сторожа бамбуковую метелку и совок и вернулась к могиле. Потом начала было подметать, но отец остановил меня: «Не трогай... Убирай не убирай, листья все равно нападают. Пускай идет дождь, дует ветер, падают листья,

_____

* 1963 г.

245

пускай все порастает мхом... И это хорошо», — сказал он. Так и не помыв могильный камень водой из бадейки, отец долго смотрел на мамину могилу. Я сказала, что нужно воскурить хотя бы палочки, и попросила у отца зажигалку. На что тот сердито проворчал: «Хватит трех, а то надымишь тут!» Я послушно зажгла три палочки. Мне подумалось, что если бы мама была жива, то ни за что не дала бы нам развестись, даже после того ужасного происшествия с Вами. Она умерла, когда мне было семнадцать, и потому ничего не могла знать про Вас, но мне отчего-то подумалось, что она была бы против развода. Предаваясь печальным мыслям, я смотрела на полузасыпанный палой листвой могильный камень. Впрочем, от всех этих «если бы да кабы» все равно ничего не изменится. Но твердить, что «все равно ничего не изменишь» — значит роптать на судьбу, так что ничего не поделаешь. За тридцать пять лет моей жизни было две невосполнимых потери — мама и Вы. Но, глядя на могильный камень, я вспомнила содержание Вашего последнего письма и мне показалось, что я потеряла больше, гораздо больше!

Мы простояли у могилы минут двадцать. Никто не промолвил ни слова. Когда рассеялась струйка дыма последней курительной палочки, отец сказал: «Ну, пойдем?»

Мы вернулись к машине. Тут отец сказал Кодзакай-сан: «А теперь... Ну, ты сам знаешь, куда!» И мы

246

двинулись, — но не назад, в сторону шоссе, по которому ехали сюда, а вперед, по узкой петляющей дороге. Заросли деревьев стали еще гуще. Пока я гадала, куда это мы направляемся, машина подрулила к роскошным воротам японского ресторана. Ресторан был семейным заведением и назывался «Синода». Встретить нас вышел мужчина, явно знакомый с отцом, и провел нас в дальний зальчик. Все там было изысканно, утонченно, высшего сорта — и убранство, и утварь, и само дерево, из которого построено здание. Ресторан спроектирован так, что из каждого кабинета виден примыкающий сад. Было сразу понятно, что ресторан стоит очень больших денег и потребовал уйму времени и стараний. Отец пригласил водителя отобедать с нами, но тот сказал, что уже плотно поел, так что лучше пока посидит в машине и послушает радио.

Площадь одного только сада примерно тысяча цубо*. Он элегантно прост в архитектуре, но чрезвычайно ухожен, и в нем растут деревья разных пород. Среди них прекрасно смотрятся огромные, покрытые мхом валуны. Да, сад поистине великолепен.

К нам тотчас же вышла женщина в кимоно примерно одного со мной возраста, может, чуть старше, и поклонилась нам. Отец представил ее: «Хозяйка этого заведения!», потом меня: «А это — моя дочь!» Затем сказал, чтобы подали то, что обычно. «Так вот

_____

* *Цубо* — мера площади (3,3 кв. м).

где ты пропадаешь...», протянула я, слегка нахмурившись. Отец объяснил, что уже пять лет их фирма принимает здесь важных клиентов. У хозяйки чрезвычайно богатый покровитель, правда, его имени он не знает. Подали еду, и хозяйка принялась расставлять блюда на столике. При этом она изысканно и деликатно вела приличествующую беседу, я же смотрела на сад, где в некотором отдалении стояла группа деревьев, покрытых красной листвой. Алые листья, которые сказочно хороши именно в это время, колыхались под ветром. Когда хозяйка ушла, отец спросил, как она мне показалась. Я сказала, что все у нее — и кимоно, и оби*, и остальное чрезвычайно изысканно и красиво, да и сама она — сущая красавица. На это отец заметил, что хозяйка весьма состоятельна, действительно хороша собой и к тому же умна и деятельна, вот только голос у нее слегка подкачал. Я удивилась. Ну и что из того, даже если голос не столь мелодичен, какое это имеет значение? Но отец с самым серьезным видом возразил, что голос — это очень важно. Голос отражает суть человека. И добавил, что врач по колебаниям в тембре голоса способен определить состояние пациента. Накладывая палочками еду, красиво разложенную на лакированных блюдах, отец натянуто улыбнулся одними уголками губ и сказал: «В ее голосе нет утонченности». После еды нам подали

---

* *Оби* — пояс, надеваемый с кимоно.

фрукты. Когда мы покончили с ними, отец показал пальцем на сад и сказал, что во-он там есть каменная лестница. Если подняться по ней на самый верх, то уткнешься в маленькую часовенку. С того места открывается изумительный вид. Особенно хороши, если смотреть с того места, алые листья. Сунув ноги в гэта*, приготовленные для посетителей, он позвал меня: «Аки, пойдем со мной!» Я почувствовала, что он хочет о чем-то поговорить, и последовала за ним. Как он и сказал, за большой сосной скрывалась каменная лестница, такая узкая, что по ней невозможно подниматься сразу двоим. Она оказалась такой длинной, что когда мы добрались до верху, то совершенно выбились из сил. Расстелив на камне носовые платки, мы присели. Я посмотрела на отцовскую спину, потом тихонько спросила, не пора ли ему оставить работу и уйти на покой. На что он ответил: «Дожив до этого возраста, я, наконец, смог понять, что такое работа. Пока ты работаешь — ты живешь. Я еще долго буду трудиться». Он посмотрел на роскошные алые листья, немного помолчал, а потом завел разговор. «Икуко рассказала, что с недавнего времени тебе стали частенько приходить письма, и все от каких-то женщин. Причем, всякий раз на конверте значится новое имя, а письма одно толще другого. Примерно месяц назад я решил поехать на фирму после обеда. Подъехала

---

* *Гэта* — японская национальная деревянная обувь.

машина, и я вышел к воротам. Увидел в почтовом ящике письмо и достал его. Это письмо было адресовано тебе, пришло от какой-то Митико Хамадзаки. Я отдал его Икуко и сел в машину... — Тут отец сделал паузу, обернулся и уставился на меня. Потом задумчиво добавил: — Знакомый почерк...» Какое-то время мы молча смотрели друг на друга. Затем отец спросил: «Как там сейчас Арима?» Я решила рассказать все, но никак не знала, с чего начать. В результате повествование вышло довольно бессвязным и путаным. Я перескакивала с одного на другое, рассказывая о нашей неожиданной встрече в Дзао год тому назад, о том, как мы стали писать друг другу, что с Вами произошло десять лет назад, о Юкако Сэо, о Вашем нынешнем бизнесе... У меня задрожал голос, на глаза навернулись слезы. «Ну-ну, не надо так волноваться, — ласково проговорил отец. — Рассказывай спокойно». Когда я закончила, сердце у меня билось, как бешеное, я никак не могла успокоиться. Отец долго молчал, а потом взглянул на меня и спросил: «Кацунума отдает тебе всю университетскую зарплату?» Я сказал, что да, отдает исправно. Отец о чем-то задумался и вдруг коротко выдохнул: «Он весь извалялся в грязи!», затем, закурив сигарету, сказал, что навел справки о Кацунуме. У него есть женщина, живет в Кобэ. Тебе, мол, и самой прекрасно это известно. У них ребенок — дочь, которой вот-вот исполнится три года. Видимо, Кацунума где-то прирабатывает... «Ты не любишь Кацунуму? —

вдруг спросил отец. — И никогда не сможешь полюбить?» Не дожидаясь, пока я отвечу, он сердито сказал, что если я хочу расстаться, то лучше расстаться, я свободный человек, и невозможно всю жизнь жить с нелюбимым человеком. Это он мне его навязал, он не разбирался в людях и всегда причинял мне одни страдания... Тут отец снова умолк. С трудом справившись с дрожью в голосе, я ответила: «Это я сделала Кацунуму таким. Это я причинила ему страдания, выйдя за него. Но не смогла заставиться себя полюбить его». Я едва смогла закончить фразу.

После этого я долго молчала. Отец тоже сидел неподвижно, молча, и смотрел на алые листья кленов. Я думала о Кацунуме. В своих письмах к Вам я старалась не касаться моего мужа, Соитиро Кацунумы. Уже это говорит о моем отношении к данному человеку. Но все же Соитиро Кацунума — вовсе не дурной человек. Он отец Киётаки и не на словах, а на самом деле, искренне любит нашего сына и сострадает ему — ничуть не меньше, чем я. Он всегда штудировал трудные книги по истории Востока и очень добросовестно, трепетно относился к своей научной работе и к студентам, у которых вел семинарские занятия. Я не раз наблюдала, как он до изнеможения играет с Киётакой в мяч на лужайке перед домом, чтобы физически укрепить мальчика. Вернувшись после этих занятий в гостиную, они усаживались на ковре и, тесно обнявшись, вели нескончаемые задушевные беседы отца и сына. Почему я не смогла полюбить такого человека? И как Кацунума относился ко мне, видя мою неприязнь? Я вдруг подумала: а что будет с нами, когда умрет отец? Ведь ему скоро исполнится семьдесят один год. Не знаю, доживет ли он до того момента, когда Киётака станет взрослым. Я смотрела на оливковый пиджак отца, сидевшего спиной ко мне. Я представила себе Кацунуму, беседующего с Киётакой. И вдруг почувствовала комок в горле. Я уже не могла держать себя в руках. Меня иглой пронзило воспоминание о Кацунуме и той студентке, обнимающихся в тени ворот на закате. Черные слившиеся силуэты казались просто тенями, словно то были не люди, а бесплотные видения. В этот момент я впервые почувствовала нечто похожее на любовь к Кацунуме.

Я поднялась и обвела взглядом обступавшие нас разросшиеся деревья. Сотни оттенков красного, желтого, зеленого, коричневого переливались и трепетали в лучах осеннего солнца. Глядя на эту картину, я сказала отцу, что хочу развестись с Кацунумой. Пусть он вступит в законный брак с той женщиной и станет законным отцом трехлетней девочки. А я больше не выйду замуж. И отдам все свои силы воспитанию Киётаки. «Папа, помоги мне!» — закончила я.

Отец закурил еще одну сигарету. Докурил и затушил окурок о землю. Посмотрел на меня снизу вверх, улыбнулся и проронил: «Хорошо». Потом встал, и мы пошли вниз по бесконечно длинной, поросшей мхом каменной лестнице.

Перед тем как приступить к этому письму, я снова перечитала все Ваши послания. Разные чувства и ощущения промелькнули в моем сердце. Их невозможно выразить словами. Они подобны узорчатой парче моей души. Или переливающемуся мириадами оттенков и красок осеннему лесу. И только одно я хотела бы выразить в этом письме. Вы написали, что когда узрели собственную Жизнь, Вам стало страшно жить. А может быть, можно сказать, что Вам показали невероятно крепкую квинтэссенцию Жизни — чтобы Вы смогли прожить свою жизнь до конца, неважно — короткую или длинную?

Сижу над листом бумаги и не знаю, чем же закончить мое последнее послание к Вам. Мне вдруг вспомнилась та самая фраза насчет музыки Моцарта. Сама не пойму, почему она вспомнилась мне... Возможно, бытие и небытие тождественны друг другу... Она пришла ниоткуда, эта мысль, и словно вскипела в моей душе. Но именно она побудила Вас рассказать мне многое такое о Вашей жизни, чего я не знала. Однако слов о загадочном трюке Вселенной я не произносила. Это только хозяин «Моцарта» говорит, что будто я придумала их. Эти слова вызывают во мне душевный трепет... Юкако Сэо, сама перерезавшая себе горло... Вы, вернувшийся к жизни, после того как увидели свое мертвое тело... Несчастный отец, который успел состариться, но все так же помешан на работе... Соитиро Кацунума, который имеет вторую семью и тоже страдает — от того, что у него незаконная жена и внебрачный ребенок... В то время, как мы с Киётакой любовались звездным небом, сидя на скамейке в Саду георгинов, Вы наблюдали, как кошка пожирала мышь. Наша жизнь полна удивительных загадок и закономерностей. Таинственный фокус Вселенной...

Можно писать бесконечно. Похоже, пора ставить точку. Я желаю Вам и Рэйко-сан счастья в этом мире, таящем в себе удивительные загадки и закономерности. Сейчас я вложу письмо в конверт, надпишу адрес и наклею марку. А потом буду слушать 39-ю симфонию Моцарта — впервые за долгое-долгое время. Прощайте. Берегите себя. Прощайте.

Аки Кацунума

18 ноября

СОДЕРЖАНИЕ

Миямото Тэру

УЗОРЧАТАЯ ПАРЧА

Ответственный редактор *С. В. Смоляков*
Художник *П. П. Лосев*
Консультанты *А. Б. Спирин*
               П. В. Дмитриев
Корректоры   *А. К. Райхчин*
               Т. С. Морозова
Компьютерная верстка *А. Б. Левкина*

Сдано в набор 17.01.2005.
Подписано в печать 15.02.2005
Формат 70×100 $^1/_{32}$. Бумага офсетная № 1.
Печать офсетная. Гарнитура «Petersburg».
Усл. печ. л. 10,4. Тираж 4000. Заказ № 3858.

Лицензия ИД 03369 от 28.11.2000 г.
199178, Санкт-Петербург, В. О., Большой пр., 55.
Тел. (812)275-9855
E-mail: hyperion@mail.rcom.ru
www.hyperion.spb.ru

ISBN 5-89332-117-0

9 785893 321173

Отпечатано с готовых диапозитивов
в ГУП «Типография «Наука»
199034, Санкт-Петербург, 9 линия, 12